Comme il est
doux d'entrer dans la
peau d'un personnage de roman,
de plonger dans une histoire qui n'est
pas la sienne et de pouvoir se dire :
"Et pourquoi une telle aventure ne
m'arriverait-elle pas à moi aussi ?…"

Car il n'y a pas d'âge pour aimer,
pas de frontière réelle entre le
~~rêve~~ et la réalité.

Co

Il aura fallu tout ce temps...

Anne McAllister

HARLEQUIN

*Cet ouvrage a été publié en langue anglaise
sous le titre :*

DARE TO TRUST

© 1985, Barbara Schenck
© 1986, traduction française : Edimail S.A.
53, avenue Victor-Hugo, Paris XVIe — Tél. 45.00.65.00
ISBN 2-280-00347-3
ISSN 0182-3531

1

— Quel beau garçon ! s'exclama la serveuse en refermant son tiroir-caisse, les yeux fixés sur l'homme qui venait de sortir.

Anna le vit monter dans une Porsche rouge.

— C'est vrai, dit-elle à la jeune femme qui n'attendait que la confirmation de ce qu'elle avançait.

Etre beau garçon, pour Anna, n'était pas une recommandation suffisante. Toby l'était également, ce qui ne l'avait pas empêché de se conduire affreusement mal.

Elle se demanda ce que la serveuse penserait de Richard Howell, le fiancé qu'elle avait laissé en Californie. Teri, la jeune fille avec qui elle partageait son appartement là-bas, déclarait toujours que Rich représentait le rêve de toute femme. Et elle disait vrai. Rich était un homme sûr, responsable, attirant d'une certaine façon. Mais on n'aurait pu le qualifier de beau garçon, ce qu'appréciait Anna. Il était tout ce que Toby ne serait jamais.

— Vous êtes de passage ? lui demanda l'autre en posant une assiette de chili et une salade sur le comptoir.

— Non. Je reste. Je vais enseigner ici à l'automne.

La serveuse poussa un petit sifflement et regarda les plaques de sa vieille Volkswagen.

— Il y a loin de la Californie au Wisconsin. Vous avez trouvé à vous loger ?

— Chez le Pr Fielding. Vous connaissez ?

Question stupide ! Cette fille était au courant de tout.

— Je croyais que Mac était en Turquie.

— En Grèce, rectifia Anna. Il y fait des fouilles. Son fils, William, doit revenir du Guatemala pour le remplacer. Je vivrai avec lui et sa sœur Jenny.

— C'est une brave petite. Vous voulez un peu plus de chili ? Vous êtes si mince !

Elle adressa un regard de pitié à Anna et à son mètre soixante-dix. C'est vrai qu'elle n'était guère épaisse.

— Je n'ai pas vu Will depuis longtemps. Quand doit-il rentrer ?

Anna soupira.

— Cette semaine, je pense.

En arrivant, elle s'était rendue directement chez les Fielding. Il n'y avait personne. Voilà pourquoi elle s'était arrêtée dans ce petit restaurant. Pour tuer le temps en attendant de retourner chez eux. Elle aurait tant voulu prendre un bain et dormir...

Anna roulait depuis sept heures du matin, dernière étape d'un voyage de six jours qui lui avait fait traverser tout le pays. Elle n'avait qu'une envie : effacer les fatigues de ce long trajet.

Après avoir payé, Anna sortit et se dirigea vers la Coccinelle. Elle s'apprêtait à y monter lorsqu'elle aperçut une cabine téléphonique. Elle allait pouvoir appeler Rich et lui dire qu'elle était bien arrivée. Et si les Fielding n'étaient pas chez eux, elle n'aurait pas à le lui raconter ou à mentir. Rich était contre ce voyage, il ne comprenait pas qu'elle ait fait tout ce chemin pour trouver un emploi.

Il répondit à la troisième sonnerie du téléphone ; comme d'habitude.

— C'est moi ! Je suis là-bas.

— Où ? Chez les Fielding ?

— Non, mais à Belle River. Je suis passée devant leur maison en arrivant. Elle est magnifique ! Toute en briques, avec un porche qui en fait le tour et beaucoup de

6

cheminées. Il y a même une tour avec un toit pointu. Une demeure typiquement victorienne.

Sa voix perdit un peu de son enthousiasme lorsqu'elle se souvint que Rich n'aimait que le verre et l'aluminium.

— Comme il n'y avait personne, j'ai dîné au restaurant.

— Je croyais qu'ils vous attendaient.

— Malheureusement, je n'ai pas précisé mon heure d'arrivée. Je ne savais pas exactement quand s'achèverait mon voyage.

— Lorsque je me déplace...

Rich savait toujours où il allait et respectait ses horaires à la minute près. Anna se fiait beaucoup plus à son intuition. Ce qui expliquait en partie qu'il se trouve à Los Angeles et elle à quelques milliers de kilomètres de là, bien qu'ils soient fiancés depuis cinq semaines à peine.

— Je suis certaine qu'ils ne vont pas tarder, murmura-t-elle.

— Et s'ils étaient absents ?

Rich avait toujours su se montrer très réaliste, mais sa question n'était pas faite pour rassurer Anna. Elle n'en laissa pourtant rien paraître.

— Ils seront là. Ils m'attendent. De toute façon, le professeur m'a expédié une clef.

Elle l'entendit soupirer au bout du fil.

— D'accord.

Il ne sembla guère convaincu. La seule chose dont Rich était persuadé, à son sujet, était qu'elle ne savait guère ce qu'elle voulait. D'ailleurs, Anna n'avait rien fait pour le convaincre du contraire. Ils s'étaient fiancés le premier mai et elle avait accepté un emploi au loin deux semaines plus tard. Rich, lui, n'agissait jamais sans réfléchir longuement. Sa demande en mariage avait été mûrie des mois. Il avait trente-cinq ans, un travail lucratif et avait fini par se rendre compte qu'il était temps de prendre femme.

Quand elle lui avait annoncé son départ, il ne s'était pas fâché, n'avait pas réclamé sa bague.

— Pourquoi ? avait-il demandé d'une voix calme.

Anna avait balbutié quelques explications, et il y avait réfléchi deux semaines.

— D'accord, avait-il alors dit. Le mariage est une chose sérieuse. S'il vous faut vous habituer à cette idée... Prenez votre temps. Une année s'il le faut.

Elle sourit. Brave Rich ! Un an à Belle River lui ferait du bien. Si, au bout de cette période, elle regagnait Los Angeles, ce serait pour l'épouser sans l'ombre d'un doute.

— Je vous appellerai dans quelques jours. Lorsque je serai installée.

— Bon, mais n'oubliez pas que ce n'est que pour un an. Et méfiez-vous des archéologues. Surtout de ceux que les beautés rousses aux yeux verts attirent.

— Voyons, Rich. William Fielding est fiancé.

— Et vous aussi. Ne l'oubliez pas non plus.

— Ne vous inquiétez pas. A bientôt.

Rich n'avait rien à craindre. Même si William Fielding était aussi beau que Toby, elle saurait résister à la tentation. En chemin, Anna décida que s'il n'y avait personne elle utiliserait la clef que le professeur lui avait adressée.

Il n'y avait pas de lumière aux fenêtres lorsqu'elle s'arrêta devant la maison. Après avoir traîné ses deux grosses valises jusqu'à la porte, Anna y frappa de toutes ses forces. Pas de réaction. Elle glissa la clef dans la serrure.

— Il y a quelqu'un ?

Rien. Seulement le bruit de ses sandales sur le parquet. Anna aperçut un grand salon confortable. Une moquette bleue, une immense cheminée de marbre, de bons gros meubles de chêne, une installation de haute fidélité et des disques. Plus loin, une bibliothèque. Anna s'immobilisa, interloquée. Elle n'avait jamais vu autant de livres de sa vie. Quant aux objets de fouille, il y en avait partout.

Curieusement, elle osait à peine respirer. La maison sonnait trop le vide, tout était trop bien rangé. Comme si

Will et sa sœur étaient aussi partis en voyage. Pourvu que ce ne soit pas le cas ! Will absent, elle se retrouverait sans travail jusqu'à la rentrée. Que faire de juin à septembre ? Où loger ? Will préparait un livre sur l'art Maya et elle était supposée taper le manuscrit.

La table de la salle à manger était recouverte d'une fine couche de poussière, ce qui ne fit que confirmer ses soupçons. Mais la vue de la cuisine calma ses appréhensions. On ne s'absentait pas en laissant de la vaisselle sale dans l'évier et un demi-pain encore frais sur la table.

Anna soupira, rassurée. Ils n'avaient dû partir que pour la journée. Elle déposerait un mot sur le guéridon de l'entrée avant de monter se coucher, pour les prévenir de son arrivée.

Ses valises à la main, elle commença à gravir les marches du grand escalier à rampe de chêne.

— Qui êtes-vous ?

Anna se figea, surprise par la voix rauque qui venait de l'étage. Levant la tête, elle distingua une silhouette masculine sur le palier sombre. William Fielding ? « Si c'est lui, il n'est guère accueillant. Mais si ce n'est lui... »

— Qui êtes-vous ? demanda-t-elle à son tour sur un ton mal assuré.

— Venez ici, ordonna la voix sans s'inquiéter de sa question.

Anna ne bougea pas.

— Je vous ai dit de monter.

La voix était moins dure, maintenant. Il se rendait peut-être compte qu'elle mourait de peur.

Elle se remit en marche à contrecœur, sans le quitter des yeux. « S'il se montre menaçant, je lui jette une valise à la tête et je prends mes jambes à mon cou. Ou alors... »

L'homme ne cessa de l'observer. En approchant, Anna le distingua mieux. Il était assez grand, brun et malade. Comment expliquer autrement son regard fiévreux et sa barbe de plusieurs jours ? Il n'était vêtu que d'un short, et son corps était mince, musclé, tanné par le soleil.

— Qui êtes-vous et que faites-vous ici ?

Il avait parlé à voix basse, calmement, mais avec une telle froideur qu'Anna en frissonna.

— Je suis Anna Douglas.

Elle rassembla tout son courage et ajouta :

— Je suis venue m'installer ici.

— Vous... Certainement pas !

Il la dévisagea, stupéfait.

— Cette maison est bien celle du Pr Fielding ?

Profitant de son désarroi, Anna gravit les dernières marches. Le fait de se trouver enfin à sa hauteur la rassura. Elle n'aimait pas se sentir dominée.

— C'est bien son domicile.

— Dans ce cas, je vais vivre ici. Votre père a certainement dû vous prévenir, non ?

Quelle famille ! Voilà un père qui engageait une assistante pour son fils et oubliait de le lui dire !

L'homme la regarda de l'air de quelqu'un qui ne comprenait rien.

— Mon père ?

— Oui, essayez de vous souvenir. Vous avez besoin de quelqu'un pour taper vos textes, vous aider dans vos recherches.

On eût dit qu'il venait soudain d'oublier son anglais. Allait-elle devoir engager un interprète pour communiquer avec lui ?

— Ah, c'est vous ? Mon Dieu !

Il se passa la main sur le visage et secoua plusieurs fois la tête, comme pour s'éclaircir les idées. Puis il recula d'un pas et s'adossa au mur, regardant Anna comme si elle était un vulgaire insecte.

— N'avez-vous pas reçu la lettre ?

— Quelle lettre ?

— Celle qui vous disait de ne pas venir, de rester chez vous.

Il s'affaissa un peu, et Anna s'avança, remarquant que ses lèvres étaient toutes blanches.

— Je n'ai rien reçu. Quand l'avez-vous expédiée ?

— Il y a deux ou trois jours. J'ai perdu la notion du temps.

— J'ai quitté la Californie il y a une semaine.

Après six jours de route, elle n'avait pas besoin de ça.

— Zut !

— C'est aussi ce que je pense. Et maintenant, monsieur Fielding ?

— Je ne sais pas. Vous ne pouvez rester ici. Ah, oui... Je ne suis pas Fielding.

— Je ne peux...

L'homme lui semblait nettement moins menaçant. Plutôt épuisé. De fines gouttelettes de transpiration brillaient sur son front.

— J'ai été engagée pour travailler avec William Fielding. De quel droit me dites-vous que je n'ai plus cet emploi ? Surtout si vous n'êtes pas Will Fielding. Et d'abord, qui êtes-vous ?

Il se frotta la nuque d'une main lasse et ferma les yeux, comme s'il avait espéré qu'elle aurait disparu lorsqu'il les rouvrirait.

— Bon, vous n'avez pas reçu ma lettre, et j'en suis désolé.

Il n'en avait pas l'air. Seulement ennuyé.

— Will est au Guatemala, voilà pourquoi vous n'aurez pas cet emploi. Vous comprenez ? J'ai pris sa place pour l'été. Je suis Thomas Davies, son cousin.

Anna se mordit la lèvre. Dire qu'elle avait espéré passer un été tranquille avec Will Fielding et qu'il lui faudrait supporter l'arrogant Thomas Davies ! Le chat avait laissé sa place au tigre.

Maintenant qu'elle le voyait mieux, et bien qu'il soit décoiffé et mal rasé, elle se rendait compte qu'il se dégageait de lui une beauté sauvage et rude. Une heure chez le coiffeur, quelques kilos de plus, et cet homme ferait des ravages auprès de la gent féminine. A condition toutefois qu'il soit moins pâle.

— Je ne comprends pas. Pourquoi êtes-vous ici ?

— Pour guérir, j'espère.

Il ne semblait pourtant guère optimiste.

— J'ai la malaria, et probablement une autre fièvre exotique. Ce n'est pas la première fois. Il suffit d'un peu de repos et...

Il haussa les épaules.

— Will et moi avons pensé qu'il serait plus raisonnable que je rentre pour me soigner. Cette fièvre ne m'empêche pas d'enseigner.

— Et mon travail ?

Il lui adressa un regard peiné, de ceux que l'on réserve généralement aux enfants particulièrement bornés.

— Dès que je serai rétabli, je repartirai. Will reviendra aussitôt et vous aurez votre satané emploi. D'accord ? Mais en attendant, partez !

— Non.

— Pardon ?

Il la regarda d'un air incrédule.

— J'ai dit non. Pourquoi ne pas vous aider ? Si vous êtes aussi archéologue, vous devez avoir besoin...

— De rien ! Et surtout pas d'une femme qui mettrait son nez partout.

— Mais...

— Non !

Un refus sans appel.

— Je me débrouille beaucoup mieux tout seul.

Il grimaça un sourire mais dut se retenir au mur pour ne pas tomber. Anna le vit serrer la mâchoire, comme s'il faisait un effort pour rester debout. Quelle que soit la fièvre qui le rongeait, elle devait être la cause de sa pâleur.

— Je...

— Rentrez chez vous !

La maladie lui faisait-elle perdre la raison ?

— En Californie ? demanda-t-elle d'un ton moqueur.

Sans aide, il n'allait pas tarder à s'écrouler. Il eut pourtant la force de hausser une nouvelle fois les épaules.

12

— Où il vous plaira. Il y a des hôtels en ville. Si vous avez besoin d'argent, je vous en donnerai. Mais vous ne pouvez rester ici.

Il se retourna, comme s'il avait l'intention d'aller chercher son portefeuille dans sa chambre.

— Pourquoi ne puis-je rester ici ?

Sa façon arrogante de lui donner des ordres l'irritait de plus en plus.

— Je déteste sentir des gens rôder autour de moi. J'ai même envoyé Jenny chez des amis. Je désire être seul. Ne bougez pas, je reviens.

— Je ne veux pas de votre sale argent !

Anna prit son bras mais il se dégagea d'un geste sec, et s'accrocha à la rampe pour ne pas tomber.

— Au diable... Allez m'attendre en bas. Je vous donnerai un chèque. C'est le moins que je puisse faire.

Il respira profondément, péniblement, et passa la langue sur ses lèvres parcheminées.

— Ne soyez pas stupide ! Cessez de vous occuper de moi et allez vous allonger. Vous ne tenez plus debout.

Ses mains se mirent à trembler, et il les cacha derrière son dos pour qu'elle ne s'en aperçoive pas.

— Vous voyez ? Vous commencez déjà à vous mêler de mes affaires. Si vous ne voulez pas d'argent, c'est tant pis pour vous. Partez et laissez-moi tranquille.

Anna se rendit soudain compte qu'il faisait des efforts inouïs pour ne pas vomir. Rassemblant ses dernières forces, il se lança dans le corridor et disparut dans une pièce qui lui sembla être la salle de bains. Elle ne le suivit pas, tout d'abord, mais au bout d'un moment, ne le voyant pas revenir, elle s'inquiéta et alla voir ce qu'il devenait. Agenouillé devant le siège des toilettes, il essayait de se relever. Anna nota que son dos était couvert de transpiration. Il se redressa à demi et retomba.

— Laissez-moi vous aider.

Avant qu'il ait le temps de protester, elle se glissa sous l'un de ses bras, s'arc-bouta et le remit sur ses pieds.

— Tout va bien. Je vais...

— Vous allez tomber si je ne vous soutiens pas ! Venez !

Sa peau était brûlante, tout son corps tremblait. Cet homme était beaucoup plus malade qu'elle ne l'avait d'abord imaginé. Il n'était pas question de le laisser seul.

— Où est votre chambre ?

— Je...

Il tenta de revenir dans la salle de bains.

— Je dois nettoyer.

— Je le ferai.

Si elle ne le déposait pas rapidement sur un lit, elle allait le lâcher.

— Quelle est votre chambre ?

Il tendit la main d'un geste las.

— Celle-là.

Une chambre, ça ? Anna eut l'impression de pénétrer dans l'arrière-boutique d'un bouquiniste ou dans la réserve d'un musée. Il y avait des livres, des papiers et des tessons de poteries partout, sur le sol, la commode, les sièges, la table et le lit. Ce dernier était particulièrement encombré, les draps froissés indiquaient cependant que Thomas y dormait également.

— Quel chantier !

— Vous trouvez ?

Elle parvint à dégager un fauteuil, près de la fenêtre, et l'aida à s'y asseoir.

— Vous travaillez jusqu'à ce que l'envie de vomir soit trop forte, puis vous recommencez ?

— C'est un peu ça.

L'ombre d'un sourire éclaira son visage livide.

— Reposez-vous un instant. Je vais refaire ce lit.

Le sourire disparut.

— Je préfère me débrouiller seul !

Anna haussa les épaules.

— Inutile d'essayer de me prouver à quel point vous êtes dur au mal. Je commence par la salle de bains.

14

Thomas Davies lui adressa un regard meurtrier et ouvrit la bouche dans l'intention de la remettre en place. Mais l'effort ne devait pas en valoir la peine. Il se contenta de hausser imperceptiblement les épaules et tourna la tête vers la fenêtre.

« Mon Dieu, dans quelle aventure me suis-je lancée ? » se demanda Anna. Rich avait peut-être raison d'être inquiet. Au sortir de la salle de bains, elle se dirigea vers la chambre qui faisait face à celle de Thomas. Elle avait décidé que ce serait la sienne. Ayant poussé la porte et allumé, elle s'immobilisa sur le seuil. La chambre de ses rêves ! Gaie, confortable, bien meublée. Une grande cheminée, une jolie vue... Elle y porta ses valises et se changea rapidement. Un coup de peigne, et elle se sentit prête à affronter le formidable Thomas Davies.

Formidable ? Pour le moment, il paraissait bien vulnérable. Affaissé dans son fauteuil, les yeux clos, il semblait dormir.

Il avait l'air vraiment malade. Vivre avec lui n'allait pas être facile. Comme pour lui donner raison, il ouvrit les yeux et lui lança un coup d'œil hostile.

— Comment vous sentez-vous ?

— Mieux. Je suis désolé.

Sa voix était détimbrée, comme si ce qui venait de se passer était arrivé à un autre.

Anna commença à enlever les livres du lit.

— Où puis-je trouver des draps propres ?

— Laissez. C'est très bien comme ça.

Elle ouvrit de grands yeux. Les draps étaient grisâtres et froissés.

— J'adore changer les draps.

Il la fusilla du regard.

— Dans le placard, au bout du corridor, grommela-t-il en se rendant compte qu'elle ne baisserait pas les yeux.

Lorsqu'elle revint, il entreprit de surveiller le moindre de ses gestes. Quand Anna posa la main sur un des papiers qui jonchaient le lit, il poussa un cri.

— Non ! Laissez ça !

— Vous avez l'intention de coucher avec ces notes ?

— Je me débrouillerai.

— Vous vous répétez.

Anna vint se planter devant lui, les poings sur les hanches.

— Au lieu de grommeler dans votre barbe, pourquoi ne pas me dire dans quel ordre je dois ramasser vos notes ? Je les empilerai ensuite sur ce coin de table.

Il la fixa un long moment sans répondre, se demandant s'il pouvait lui faire confiance ou non.

— D'accord, murmura-t-il enfin.

Anna commença à déplacer les feuillets en suivant ses instructions. Sur certains, des signes qu'elle ne comprenait pas, sur d'autres une écriture nette et soignée qui contrastait avec le désordre de la chambre. Cet ours, lorsqu'il s'agissait de son travail, savait se montrer ordonné. Elle changea ensuite les draps. Thomas semblait s'être adouci, sa façon de manipuler ses textes l'ayant probablement rassuré. Mais quand elle lui tendit la main pour l'aider à se coucher, son visage se ferma.

— Je peux me débrouiller, Miss Douglas.

« Etonnez-moi, dites autre chose ! » faillit-elle rétorquer. Quel entêté !

— Que vous refusiez mon aide, je le comprends, mais appelez-moi Anna. Il est un peu difficile de faire l'élégant avec celle qui vient de nettoyer votre salle de bains.

Ce n'était pas une chose gentille à dire, mais Thomas Davies ne l'étant guère...

— Vous n'étiez pas obligée de le faire, aboya-t-il, vexé.

Se tenant au mur, il marcha jusqu'au lit et s'y laissa tomber avec un soupir que n'aurait pas renié un dromadaire apercevant l'oasis après une longue traversée du désert. La tête bien calée sur les oreillers, il regarda Anna d'un air gêné.

— Désolé, murmura-t-il. Et merci.

Ce n'était pas grand-chose, mais elle sut que ce serait le seul remerciement qu'elle obtiendrait.

— De rien. Si vous avez besoin de moi, appelez.

— Je me...

— Je sais. Vous vous débrouillerez ! Vous en êtes bien capable. Enfin, le cas échéant, je suis installée de l'autre côté du corridor.

Elle sortit sans attendre sa réponse, persuadée qu'elle serait désagréable.

Dans sa chambre, Anna s'allongea sur le lit. Habituée à la calme présence de Rich Howell, elle avait l'impression de s'être battue avec un ours.

— Imbécile et entêté ! gronda-t-elle. M. Indépendance lui-même !

Lui conseiller de chercher un hôtel ! Avait-il peur de perdre sa réputation en vivant sous le même toit qu'une femme ? C'était à mourir de rire. Thomas Davies, qui passait la moitié de l'année dans la jungle, affolé à l'idée de la côtoyer ! Anna repensa soudain à la serveuse du restaurant. Cette fille aurait certainement trouvé Thomas beau garçon. Il avait une présence et un magnétisme qu'elle aurait adoré. Ce n'était pas le cas d'Anna. Cet homme ne supportait les femmes que dans un but bien précis, comme Toby.

Il ressemblait même à Toby. La chevelure noire, le menton têtu, les yeux de fauve... Elle donna un coup de poing dans l'oreiller, furieuse. Pourquoi fallait-il que cet homme la fasse penser à Toby, à son charme vénéneux, à sa façon d'user et d'abuser des femmes. Thomas Davies était-il le même genre d'homme ? Probablement. Ce regard dur, cette manière de remercier du bout des lèvres, comme si c'était superflu. Il était si différent de Rich !

Mais ce ne fut pas à Rich qu'elle songea, plus tard dans la nuit, les yeux fixés au plafond. Sa tête était pleine d'hommes bruns mal rasés à la chevelure en désordre, au corps fiévreux et aux yeux brillants.

« Arrête ! »

Anna se tourna vers la fenêtre. La lune pleine éclairait sa chambre. Elle soupira.

Elle s'était attendue à être tentée, durant cette année passée loin de Rich. Mais une tentation facile à surmonter. Will Fielding était fiancé, il ne comptait donc pas. Un professeur de ses amis ? Le laitier ? En tout cas quelqu'un qu'elle pourrait repousser facilement. Et en juin prochain, retour à Los Angeles pour devenir Mme Richard Howell.

C'était sans compter sur un obstacle de la taille du Mont Everest. C'était sans compter sur Thomas Davies.

2

Lorsqu'Anna s'éveilla, le soleil inondait sa chambre et la brise caressait son visage. Quel luxe de rester au lit et d'y paresser sans avoir à se préoccuper de la journée à venir.

Les événements de la veille lui revinrent soudain à la mémoire, et elle s'assit brusquement. La bataille n'était pas gagnée. Thomas Davies désirait sans doute toujours qu'elle s'en aille. Et si elle réussissait à rester, ne serait-ce pas pire ? Bien que le connaissant depuis peu, Anna avait acquis la conviction que la vie avec lui ne devait pas être simple.

Elle se leva et enfila un short et un sweater jaune. Elle avait faim, mais elle commença par brosser ses cheveux auburn, comme chaque matin. Ensuite elle prendrait une douche. Se montrer désagréable avec Thomas Davies n'était pas important, aussi longtemps qu'elle ne ressemblait pas à une sorcière. Dans le couloir, elle prêta l'oreille. Pas un bruit dans la chambre de Thomas. Anna décida de ne pas le déranger et se glissa dans la salle de bains. Une bonne douche pour effacer la fatigue du voyage, et elle se sentirait plus en confiance pour l'affronter. Elle savait qu'elle aurait besoin de tout son courage.

Elle se lavait les cheveux lorsqu'on frappa à la porte.
— Une minute !
Elle revissa tranquillement le capuchon du tube de

shampoing et continua à se masser le cuir chevelu. Cela lui ferait du bien d'attendre quelques minutes.

Il frappa de nouveau et la porte s'ouvrit.

— Hé !

Anna écarta légèrement le rideau opaque et sortit la tête, prête à lui dévoiler le fond de sa pensée. Mais Thomas Davies ne regardait même pas dans sa direction. Il était une fois de plus à genoux et vomissait. Il s'arrêta un instant pour reprendre son souffle puis s'y remit de plus belle. Anna, affolée, entreprit de se rincer au plus vite.

Que faire ? Se trouvait-il toujours dans la salle de bains ? Elle ne l'avait pas entendu sortir. Rassemblant son courage, elle jeta un coup d'œil. Il était assis contre le mur, les bras passés autour de ses genoux, la tête inclinée. Son visage était tourné de l'autre côté, elle n'aperçut que sa nuque et son dos bronzé. La gorge sèche, elle se passa la langue sur les lèvres, étonnée de sa réaction. S'emparant rapidement d'une serviette, Anna coupa l'eau et se sécha.

— Vous allez mieux ?

Elle avait pris un ton détaché, celui qu'utilisent les femmes habituées à ce que des hommes aillent et viennent dans leur salle de bains.

— Super ! croassa-t-il.

Il se remit difficilement sur pied en s'aidant du lavabo.

— Voyez comme tout aurait été plus facile si vous vous étiez installée dans un motel au lieu de vous imposer !

— Je ne me suis pas imposée ! J'étais invitée !

D'un coup, elle n'avait plus envie de le plaindre.

— Pas par moi.

— Je sais, mais là n'est pas la question. Je ne pouvais deviner que je vous trouverais ici. Je ne savais même pas que vous existiez. Qu'avez-vous contre moi ?

— Je ne veux pas qu'on me dérange. Que ce soit vous ou une autre, je ne veux pas de femme ici !

Quel tête de mule !

— Ne vous inquiétez pas. Je ne vous dérangerai pas. Seriez-vous le dernier homme sur terre.

— Et qu'êtes-vous en train de faire ?

Le déranger ? Mais en quoi ?

— Comptez-vous passer la journée sous la douche ?

— J'attends que vous sortiez.

— J'ai tout mon temps.

Il n'allait quand même pas... Maintenant qu'elle avait coupé l'eau chaude, elle gelait. Et s'il décidait d'écarter le rideau ?

— J'espère que vous êtes patient ! lui lança-t-elle d'un ton de défi.

Ne jamais dévoiler ses points faibles à l'adversaire. Evidemment, elle aurait pu s'envelopper dans la serviette comme dans un sarong, mais elle décida de ne le faire qu'en dernier recours.

Pas de réponse. Etait-il encore malade ? Finalement, elle l'entendit soupirer et ouvrir la porte.

— Vous avez gagné. Mais c'est uniquement parce que je suis sur le point de m'évanouir. Je ne comprends pas que vous puissiez éprouver un plaisir quelconque à vous imposer de la sorte à un homme malade. Et je n'ai même pas la consolation de me rafraîchir la vue !

— Oh ! Comment...

La porte se referma. Au moment où Anna tirait le rideau elle entendit un grand bruit dans le corridor.

— Thomas !

S'enveloppant en un tournemain dans la serviette, elle se précipita dans le couloir. Il était allongé de tout son long sur le parquet.

— Thomas !

Evanoui ! Que faire ? Anna retourna dans la salle de bains et mouilla un gant de toilette. Ensuite elle s'agenouilla près de lui et le posa sur son front. Au bout de quelques secondes il ouvrit un œil.

— Cette serviette vous va à ravir. J'ai quand même réussi à avoir un spectacle agréable.

Si elle le frappait, risquait-il d'être plus malade ?

— C'est pour ça que vous vous êtes évanoui ?

— Pas exactement.

Il fit une pause et grimaça un sourire.

— Mais si vous prenez l'habitude de me secourir dans ce simple appareil... Comme c'est agréable ! Continuez.

Anna s'aperçut qu'elle lui caressait les cheveux et retira aussitôt sa main.

— Faites-vous toujours le contraire de ce qu'on vous demande ?

— Seulement avec vous, avoua-t-elle franchement. Je n'ai jamais rencontré un homme comme vous.

Pas même Toby.

— Moi non plus, murmura-t-il.

Etait-il sérieux, se moquait-il ? Comment savoir ?

— Si vous vous sentez mieux, je vais vous aider à regagner votre chambre.

— Vous êtes vraiment curieuse. Il y a un instant, vous m'avez renvoyé de la salle de bains comme si vous craigniez que je vous viole. Maintenant vous vous collez à moi à demi nue.

— Et vous ? Vous menacez de me jeter dehors, puis vous me faites du charme.

Il secoua la tête.

— Je n'ai même pas commencé. Lorsque je m'y mettrai, vous verrez la différence.

Il essaya de s'asseoir et se prit immédiatement la tête entre les mains.

— Tout tourne.

— Le pauvre garçon ! lui lança-t-elle d'un ton moqueur. Si vous pensiez à vous soigner au lieu de...

— Où allez-vous ?

— M'habiller.

— Vous m'abandonnez ?

— Oh, vous survivrez.

Dans sa chambre, Anna enfila un jean et un tee-shirt. D'habitude, elle laissait ses cheveux sécher sur ses épaules, mais elle préféra opter pour un chignon sévère qui conviendrait mieux à l'état de leurs relations.

— Hé ! l'entendit-elle crier du couloir. Vous m'avez oublié ? Inutile de vous pomponner, nous ne dînons pas à la Maison-Blanche !

Anna rougit, et cela la mit hors d'elle. Pourquoi tout ce que cet ogre disait la gênait-il tant ? Avec trois épouvantables frères qui ne cessaient de la provoquer, elle aurait pourtant dû être immunisée. Cela venait sans doute du fait que Thomas Davies ne lui semblait guère fraternel.

— Vous me parliez ? demanda-t-elle d'une voix faussement douce.

Elle vint se planter devant lui. Il était toujours assis sur le sol et son état ne paraissait pas s'être amélioré. Pourtant, il parvint à sourire.

— Vous êtes ravissante.

Ah, pouvoir le piétiner longuement !

— Vous, en revanche...

Il prit un air outragé.

— Si mes admiratrices vous entendaient.

— Ne me dites pas que vos fans ont monté un club dans la région.

— Il y en a dans le monde entier.

Un autre Toby. Pourquoi n'arrivait-elle pas à rester indifférente ? Elle lui tendit la main.

— Venez, ravageur. Je vais vous mettre au lit.

Il se leva lentement. Anna passa un bras autour de sa taille et son épaule sous le sien pour le soutenir. L'avoir appelé ravageur était une erreur. Une énorme sottise. Ce mot, associé à la chaleur qui se dégageait de son corps, lui donnait une impression de vulnérabilité dont elle se serait bien passée. Comme avec Toby, encore une fois.

Clopin-clopant, ils parcoururent le corridor.

Anna le laissa tomber sur le lit et recula précipitamment pour mettre un peu d'espace entre eux. Thomas ne parut rien remarquer. Il s'installa lentement contre les oreillers, le souffle court. Ces quelques pas l'avaient épuisé. Anna se sentit partagée entre deux envies. Remonter ses couvertures et arranger ses oreillers, ou s'enfuir à toutes jambes.

— Depuis combien de temps êtes-vous fiancée ? lui demanda-t-il brusquement.

Devant son regard stupéfait, il sourit.

— Votre bague me rentrait dans le dos pendant que nous marchions.

— Je vois. Cinq semaines.

— Et il vous a laissé partir ?

Il semblait encore plus étonné que Rich ne l'avait été lorsqu'elle lui avait annoncé son départ.

— Ce gamin est fou !

— Ce n'est pas un gamin. Il est même certainement plus âgé que vous.

— Comment le savez-vous ?

— Quel âge avez-vous, Mathusalem ?

— Trente et un ans.

— Rich en a trente-cinq.

— Et il l'est ?

— Quoi ?

— Riche ?

— Pas spécialement. Pourquoi ?

— Cela expliquerait peut-être que vous soyez sa fiancée.

— Ridicule !

Il haussa les épaules, comme si sa suggestion lui paraissait tout à fait plausible.

— Pourquoi l'épouser, alors ?

— Parce que je l'aime, évidemment !

— Ce n'est pas si évident que ça. Si vous l'aimiez, vous ne vivriez pas avec moi.

— Mais je ne savais pas que vous seriez ici.

— Avec William. C'est la même chose. Après mon départ, vous vivrez avec lui, non ?

— Et alors ? Rich et moi sommes des adultes raisonnables et indépendants.

Il ouvrit de grands yeux.

— Personne n'est raisonnable à ce point.

Anna se garda bien de le contredire. Mais elle ne put s'empêcher de se demander s'il parlait d'expérience. Elle préféra se retirer. Cet homme la mettait mal à l'aise. Il avait une façon d'attaquer ses points faibles… Il était trop arrogant, et beaucoup trop attirant. Elle n'était pas certaine de pouvoir le supporter longtemps.

Les deux jours suivants, elle n'eut pas à s'inquiéter. Il resta cloîtré dans sa chambre, porte close, n'en sortant que pour se rendre à la salle de bains, victime de nausées. Mais il ne s'évanouit plus. Et devant les regards qu'il lui jetait, elle préféra continuer à l'ignorer.

Facile à dire. Thomas Davies devint rapidement son obsession. Quoi qu'elle fasse, elle ne pouvait s'empêcher de penser à lui. Elle gravissait vingt fois par jour les escaliers pour aller écouter à la porte, se levait la nuit au moindre bruit.

« Cet homme ne veut pas te voir. D'ailleurs, il ne t'intéresse pas. » Elle se répétait ces deux phrases sans arrêt, mais rien n'y faisait.

— Anna, pourrais-je avoir une tasse de thé ?

Son cœur bondit dans sa poitrine. Normalement, elle aurait dû lui conseiller de se « débrouiller lui-même », mais le voir si malade et ne pouvoir intervenir avait été particulièrement pénible. Et une tasse de thé représentait si peu de chose.

Lorsqu'elle entra dans la chambre, il débarrassait la table de chevet pour qu'elle puisse y déposer la tasse.

— Du lait ? Du sucre ?

— Les deux.

Anna s'exécuta et lui tendit la tasse en prenant bien garde de ne pas effleurer sa main, s'attirant un regard moqueur de sa part.

— Asseyez-vous, dit-il en souriant.

Tous les sièges croulaient sous les livres. Thomas tapota le lit.

— N'ayez pas peur, je ne mords pas.

Elle obéit. Hésiter eût été avouer qu'elle le craignait. Bien qu'assise tout au bord du matelas, elle sentit son genou toucher sa hanche sous les couvertures. Au moment où elle s'apprêtait à boire une gorgée de thé, il dit :

— Parlez-moi de votre fiancé.

Sa tasse dansa sur la soucoupe.

— Pourquoi mes fiançailles vous intéressent-elles tant ?

Maintenant, elle regrettait de ne pas lui avoir dit de préparer son thé lui-même.

— Je suis intrigué. Je ne m'intéresse pas uniquement aux ruines Mayas, vous savez.

— Ne me dites pas que vous pensez à moi !

Elle rougit, se souvenant qu'*elle* ne pensait qu'à lui.

— Pourquoi pas ? Vous arrivez ici sans vous faire annoncer, vous installez...

— Oh !

— Et c'est si facile de vous mettre en colère.

Il sourit ; Anna se détendit.

— Il est normal que je sois curieux, que je me demande pourquoi vous êtes fiancée. Après tout, vous êtes ici et lui là-bas...

— Et quelle est votre conclusion ? demanda-t-elle d'un ton faussement détaché.

— Vous ne l'aimez pas.

Sa voix était légère, mais elle lut dans ses yeux bruns qu'il était sérieux.

— Je l'aime ! protesta-t-elle.

— Comme on aime un bon gros toutou.

— Qu'en savez-vous ?

— Moi aussi j'ai été fiancé.

Il en parlait comme d'une maladie mortelle.

— Vraiment ? Je ne vous aurais pas cru assez stupide pour vous laisser prendre.

26

— Oh, mais cela n'arrivera plus. On ne m'attrapera plus aussi facilement.

« Si la fille est intelligente, elle ne se laissera pas embarquer dans cette histoire », se dit Anna.

— Je veux bien vous croire. Mais Rich ne vous ressemble pas. Il est bon, gentil, prévenant...

— Un vrai boy-scout ! s'écria-t-il, sarcastique. Et que vous trouve-t-il ?

Anna serra la mâchoire.

— Si vous n'étiez malade, je vous assommerais !

— Susceptible, avec ça !

Il se redressa et posa sa tasse sur la table de nuit.

— Montrez-moi à quel point vous l'aimez.

— Que voulez-vous dire ?

Il lui prit la tasse des mains, la posa près de la sienne, puis lui souleva le menton.

— Dites-moi d'arrêter.

Sa bouche effleura la sienne.

— Dites-moi que cela vous laisse indifférente.

Anna sentit sa bouche courir sur sa peau, mais au lieu de s'éloigner, elle se rapprocha. Les sensations qu'il éveillait en elle étaient délicieuses. Elle eut envie de lui caresser les cheveux.

— Vous voyez ? chuchota-t-il à son oreille. Vous me désirez.

Ces mots lui firent l'effet d'une douche glacée. Elle recula d'un bond.

— C'est faux !

— Vous vous mentez. Il va vous falloir cesser de croire que vous aimez ce type. Il ne mérite pas d'être la victime de cette comédie. Il n'est pas juste qu'il souffre.

Pas juste ? Parce que ce qu'il venait de faire l'était ? Que savait-il d'elle ? De quel droit la jugeait-il ? Anna dévala l'escalier et sortit, espérant qu'une promenade au soleil la calmerait.

Qu'est-ce qui était juste ? Etait-ce juste qu'elle tombe follement amoureuse de Toby Evans, pensant au mariage et à trois ou quatre bambins alors qu'il voulait seulement prendre du bon temps ? Etait-ce juste que Toby l'ait attrapée avec l'habileté d'un pêcheur professionnel pour l'abandonner bientôt en déclarant qu'il y avait tant d'autres poissons ? Les seuls moments agréables de sa vie, Anna les devait à Rich Howell.

Contrairement à Toby, il s'était glissé dans son existence sans bruit, sans même faire battre son cœur. Pendant trois mois, tous les lundis, il était passé à la boutique où elle travaillait, n'achetant qu'à elle, jusqu'au jour où il lui avait proposé de sortir avec lui. Evidemment, cet avocat célèbre ne l'aurait sans doute pas invitée s'il ne l'avait rencontrée aussi à une réunion à la mairie où elle tentait d'empêcher les autorités de détruire un pâté d'immeubles à loyer modéré. Il avait volé à son secours, à l'aide d'arguments juridiques qui avaient fait mouche, l'invitant ensuite à fêter leur victoire dans un bar tout proche. Comme elle n'avait rien de mieux à faire...

Comme elle n'avait rien de mieux à faire, Anna avait accepté de l'épouser. Ils sortaient ensemble depuis deux ans, elle l'aimait bien, il avait toutes les qualités. Quand il lui avait proposé le mariage, elle s'était dit : pourquoi pas ? Ce fut seulement une fois la bague de fiançailles au doigt qu'elle avait commencé à rêver... Le visage de Toby, nuit après nuit, jusqu'à ce qu'elle se demande si Rich pourrait le lui faire oublier un jour.

Et maintenant, en plus des souvenirs de Toby, elle avait Thomas Davies ! Cet homme l'attirait, il était trop clairvoyant. Comment avait-il deviné qu'elle se posait des questions au sujet de Rich ? Une seule personne était au courant de ses hésitations : Teri, l'amie avec qui elle partageait un appartement.

— Si tu ne veux plus de Rich, lui avait-elle dit un soir, moi, j'en veux bien. Il est merveilleux !

Il l'était, sans aucun doute, mais comment être certaine qu'elle pourrait vivre avec lui ? En se séparant un temps, bien sûr. Au bout d'un an, s'il lui manquait vraiment, elle l'épouserait. En attendant, il lui fallait du calme pour réfléchir. Et avec Thomas Davies dans les parages ce ne serait pas facile.

Comment avait-il pu l'embrasser de la sorte ? Elle sentait encore le contact de sa joue mal rasée contre la sienne, celui de ses lèvres sur sa peau, sur sa bouche. La caresse de ses cils sur sa tempe. Soudain, ses jambes ne la soutinrent plus et elle dut s'asseoir au bord de la route. Cet émoi, comme au temps de Toby... Jamais elle ne pourrait regagner la maison dans un état pareil. Ce soir, peut-être, à condition de retrouver son bon sens.

Il était dix heures lorsqu'elle trouva assez de courage pour rentrer. Et encore... Cette audace s'appuyait surtout sur une certitude. Thomas dormait sûrement.

Anna avait parcourut toutes les rues de Belle River, sans rien voir de la ville, sans même se souvenir des endroits par où elle était passée.

Lorsqu'elle arriva devant la maison, les fenêtres étaient sombres. Elle poussa la porte et se glissa dans la cuisine. Thomas s'était préparé un sandwich, la jarre de beurre de cacahuètes était ouverte. Il devait se sentir mieux. Un de ses bons jours, comme il disait. Les mauvais jours, il était incapable de descendre, n'ayant la force que de se traîner à la salle de bains.

Anna lava la vaisselle et fit chauffer un bol de potage. Elle n'aurait rien pu manger de plus. Il y avait assez de soupe pour deux, mais elle ne monta pas lui en offrir. Un autre jour, peut-être, mais pas ce soir. Elle ne voulait pas le voir. D'autant qu'il avait peut-être raison au sujet de Rich. Un mariage uniquement basé sur la sécurité ne pouvait être juste pour l'un des partenaires.

Enfin, après une année passée à Belle River, Anna y verrait plus clair. Mais pour cela, elle n'avait pas besoin des baisers de Thomas !

Après avoir éteint, elle monta à l'étage, ne s'arrêtant dans la salle de bains que le temps de se brosser les dents.

Une fois dans sa chambre, elle ferma la porte à double tour. Il faisait si clair, grâce à la lune qu'elle n'alluma pas.

Elle venait de s'allonger lorsqu'on frappa doucement.

— Anna ?

Son cœur cessa pratiquement de battre.

— Oui ?

Se levant, elle alla entrebâiller la porte. Thomas était appuyé contre le montant. A cause de l'obscurité, elle ne put déchiffrer l'expression de son visage.

— Que voulez-vous ?

Il avala péniblement sa salive.

— Je voulais vous dire que j'étais navré. Je n'avais pas le droit de parler ainsi, de vous embrasser.

Sa voix était basse et son ton machinal, comme s'il avait répété longuement ses phrases. Machinalement, elle ouvrit la porte un peu plus.

— C'est vrai, vous n'auriez pas dû. Mais c'est aussi un peu ma faute. Je suis trop susceptible.

— Vous allez bien ? Vous avez été absente des heures !

Il semblait terriblement inquiet.

— Je suis allée me promener. Et vous, comment vous sentez-vous ?

— Un de mes bons jours. Je commence peut-être à guérir.

Il fit une petite grimace, et Anna lui sourit. « Idiote ! Tu as passé un après-midi horrible à cause de lui, et tu te montres aimable ! »

— Je l'espère, murmura-t-elle.

— Pour une fois, je vous crois. Plus vite je serai parti, plus vite Hill sera de retour. Et vous aurez votre emploi.

— C'est un peu vrai.

Comment lui avouer qu'elle ne désirait pas le voir partir ?

Ils restèrent un long moment silencieux, Thomas se déplaçant d'un pied sur l'autre, gêné.

— Je suis pardonné ? finit-il par demander.

— Oui.

30

— Bien.

Leurs regards se croisèrent et restèrent longtemps accrochés l'un à l'autre.

— Bonsoir, Anna.

Il traversa le corridor, disparut dans sa chambre.

— Bonsoir, murmura-t-elle.

Elle resta une bonne minute immobile sur le seuil avant de refermer sa porte.

— Bien.
Leurs regards se chassèrent, comportant longtemps
accrochés l'un à l'autre.
— Bonne nuit, Anne.
Il ouvrit la porte, disparut dans sa chambre.
Raison murmura-t-il.
Puis resta une longue minute immobile sur le seuil avant
de refermer sa porte.

3

A partir de ce jour, ils respectèrent une trêve difficile.
Thomas travaillait à ses notes les « bons jours » et essayait
de dormir durant les « mauvais », tandis qu'Anna jouait à
la femme d'intérieur et lisait. Elle avait abandonné l'idée
de trouver un autre emploi : il y avait trop d'étudiants en
ville à la recherche d'un travail pour l'été. Pourtant, elle
aurait bien aimé occuper son esprit qui était plein de
Thomas Davies. Elle prit donc l'habitude de l'éviter, ne
pénétrant dans sa chambre que pour lui porter ses repas.
Un jour, pourtant — était-ce l'ennui ? — elle s'assit sur
son lit.

— A quoi travaillez-vous ?
— Un livre.

Cela, elle l'avait deviné depuis le premier jour.

— Sur quel sujet ?
— Des peintures rupestres Mayas.
— Où ? Près de Tikal ? D'Uaxactun ?

Thomas leva la tête, intéressé.

— Pas très loin de Tikal. Vous en avez entendu parler ?
— Au collège. C'était un de mes sujets favoris.

Elle se sentit d'un coup très naïve. Cet homme avait
passé sa vie à étudier ce qu'elle n'avait fait que survoler
pendant quelques mois.

— J'adorerais visiter ces sites.
— Vraiment ? murmura-t-il d'un ton sceptique.

Il aura fallu tout ce temps.   2.

— Absolument. Je fais de la poterie, et j'ai été particulièrement intéressée par les vases qu'on nous montrait.

— Nous en avons découvert un grand nombre. J'ai ici quelques croquis. Voulez-vous les voir ?

Anna eut l'impression qu'il s'attendait à ce qu'elle refuse.

— Oh, oui, volontiers !

Son enthousiasme le fit sourire. Il fouilla dans une liasse de papiers et lui en tendit quelques-uns.

— Certains vous seront familiers, d'autres formes sont plus rares.

Anna s'empara des documents. Thomas ne la chassant pas, comme il en avait souvent l'habitude, elle s'installa par terre pour les consulter. Certains dessins étaient des croquis pris sur le site. Ils étaient froissés et tachés. Cependant, le trait en était précis jusqu'au moindre détail. Quelle beauté ! L'envie lui vint d'en copier plusieurs pour les reproduire plus tard dans l'argile. Elle leva la tête, un peu confuse, dans l'intention de lui demander la permission. Il ne travaillait pas ; il l'observait.

L'expression qu'elle lut dans ses yeux lui rappela le goût de ses lèvres et la fit rougir.

— J'aimerais, si cela ne vous dérange pas... Seriez-vous d'accord...

Il esquissa un sourire qui ne fit qu'ajouter à son embarras.

— Pourrais-je vous emprunter ces dessins ? balbutia-t-elle.

Diable d'homme qui avait le pouvoir de la mettre mal à l'aise d'un seul regard !

— Je vous en prie...

Anna ne se le fit pas dire deux fois. Elle courut s'enfermer dans sa chambre, les précieux documents serrés contre son cœur.

Elle n'en ressortit que pour se glisser au rez-de-chaussée comme une voleuse afin de grignoter un peu.

Elle avait décidé qu'elle ne voulait plus le voir de la journée.

Le lendemain, Anna ne le vit pas non plus, mais elle l'entendit se rendre à la salle de bains. Un de ses mauvais jours. Elle s'en inquiéta. Ceux-ci revenaient de plus en plus souvent.

N'y tenant plus, elle l'intercepta dans le corridor.

— Voulez-vous que j'appelle un médecin ?

Il l'observa un instant, le regard fiévreux, et secoua la tête.

— Pas de docteur.

Thomas regagna sa chambre en vacillant et se laissa tomber sur le lit.

— Donnez-moi une autre couverture, s'il vous plaît.

Anna alla la chercher, bien que le thermomètre, sous le porche, marquât 34°. Elle l'en couvrit et il s'y pelotonna comme un ours se préparant à hiberner.

— Vous ne voulez vraiment pas...

Quel entêté ! Il n'allait quand même pas se laisser mourir !

— Ne vous mêlez pas de ça, grommela-t-il.

Elle venait de passer une semaine avec lui, il l'avait embrassée, et il aurait voulu qu'elle le laisse s'éteindre sans tenter de le sauver !

Lorsque Rich était malade, il lui permettait toujours de prendre soin de lui et montrait beaucoup de gratitude. On ne pouvait en dire autant de cet ours mal léché ! Elle eut soudain envie de parler à Rich.

— Comment allez-vous ? lui demanda-t-elle après qu'il eut décroché.

— Bien, merci. Qu'est-ce qui ne va pas ?

Rich attendait son coup de fil pour le lendemain. Logiquement, si elle l'appelait plus tôt c'était qu'elle avait des ennuis.

— Rien. Je voulais seulement entendre votre voix.

Curieusement, elle ne pensait plus à lui depuis quelques

jours. Anna se félicita d'avoir eu envie de l'appeler. Elle imagina sa tête blonde, son sourire. Quelle différence avec le visage mal rasé et l'allure barbare de l'homme étendu au premier.

— Que faites-vous ?

— Je mange des escalopes de veau.

Des escalopes ? Le vendredi, pour Rich, était le jour du steak et des pommes frites. En quel honneur, ces escalopes ?

— C'est Teri qui les a apportées, lui dit-il avant qu'elle ait le temps de le questionner.

« Brave Teri. A peine ai-je le dos tourné… »

— Comme c'est gentil de sa part, murmura-t-elle d'un ton moqueur. Comment va cette chère Teri ?

— Vous voulez lui parler ?

Anna n'y tenait guère. Pauvre Rich, dont la fiancée était au loin et qui devait son repas à l'adorable Teri, la providence des hommes abandonnés ! Le charme était rompu, et elle bavarda un moment avec son « amie ». Celle-ci lui repassa ensuite Rich.

— Je vous aime. Vous me manquez beaucoup, répéta-t-il trois fois avant de raccrocher.

Anna soupira. Elle aurait mieux fait de s'abstenir de l'appeler.

Elle tua le temps en regardant un western à la télévision, un film qu'elle avait déjà vu. Lorsqu'elle monta, ce fut pour s'enfermer immédiatement dans sa chambre, sans même vérifier si Thomas allait bien.

Au beau milieu de la nuit, un bruit terrible la réveilla. Elle avait mal dormi, beaucoup rêvé de Toby. Il lui fallut un moment pour se souvenir de l'endroit où elle se trouvait. Thomas ! Elle se précipita dans sa chambre.

La lune l'éclairait d'une lumière argentée, fantomatique. Thomas se tordait sur le lit.

— Non ! hurla-t-il. Mon Dieu, non !

— Thomas ! Réveillez-vous !

Elle voulut le secouer, il la repoussa dans son sommeil

et elle alla heurter le coin de la commode. Comment un homme si malade pouvait-il être si fort ?

— Thomas !

Il sursauta mais ne s'éveilla pas, tout à son délire.

— Thomas, reprit-elle d'une voix plus douce.

— Mon Dieu, assez ! Non ! Laissez-moi !

Il était brûlant, trempé de sueur. S'agenouillant sur le lit, Anna le maintint en le tenant aux épaules et répéta son nom jusqu'à ce qu'il s'éveille. Finalement, après ce qui lui sembla être une éternité, il ouvrit un œil hagard. Puis il le referma et frissonna violemment.

— Thomas ? Reprenez-vous. Ce n'est qu'un mauvais rêve. Tout va bien maintenant.

Il gémit, battit plusieurs fois des paupières, parut enfin la reconnaître et enfouit son visage au creux de son épaule. Anna le berça longuement tout en caressant sa nuque. Petit à petit, elle le sentit se détendre. Dehors, dans l'aube naissante, un oiseau matinal lança son trille.

— Désirez-vous parler ? murmura-t-elle lorsqu'elle fut certaine qu'il était calmé. Voulez-vous me dire ce qui s'est passé ?

Il haussa d'abord les épaules en secouant la tête, puis s'exécuta de mauvaise grâce.

— Un cauchemar stupide, toujours le même... Des dieux Mayas, des sacrifices humains... J'ai hurlé comme un fou, n'est-ce pas ? Je suis désolé...

— Appelons un docteur, Thomas. Vous êtes brûlant de fièvre.

Il s'agita, la repoussa.

— Non !

Anna l'observa un instant. Malgré sa faiblesse, il se dégageait de cet homme une force surprenante.

— Pourquoi ?

— J'ai dit non !

« Le Roi dit : Nous voulons », faillit-elle répondre. Elle hocha la tête, désespérée. Ses dents claquaient mais il ne voulait pas d'aide. L'entêté ! Et le voilà qui refermait les yeux et s'endormait. Comment pouvait-on hurler à la mort puis sommeiller l'instant suivant ? Cela la dépassait. D'un autre côté, il était si fatigué qu'il n'avait pas beaucoup de choix. Comme elle se levait sans bruit, il parut s'alarmer.

— Restez avec moi, murmura-t-il. Ne partez pas.

Anna le regarda, interloquée. Il avait souhaité toute la semaine qu'elle s'en aille, et maintenant il désirait qu'elle reste. « Ce doit être la fièvre », se dit-elle.

— D'accord.

Il passa un bras autour de sa taille, posa la tête sur ses genoux et sombra.

Anna, immobile, tenta de penser à Rich. C'était ce qu'elle avait de mieux à faire, le moyen le plus sûr de ne pas perdre la tête. Que faisait-il en ce moment ? Elle haussa les épaules. Connaissant Rich, il devait dormir, seul, rêvant peut-être à elle. Il en allait tout autrement d'Anna. Que dirait Rich s'il apprenait qu'elle partageait le lit de Thomas ? Un instant, elle eut envie de s'enfuir, et il dut le sentir.

— Ne me quittez pas, Anna, balbutia-t-il en serrant sa taille.

Elle se pencha à son oreille.

— Je suis là, Thomas, chuchota-t-elle.

Malheureusement, il ne tarda pas à délirer de nouveau.

— Maman ! Non ! Ne pars pas !

Anna le serra plus fort contre elle, espérant qu'il irait mieux dans la matinée, sans trop y croire.

Lorsqu'il ouvrit les yeux et la reconnut enfin, elle le questionna.

— Quel docteur dois-je appeler ?

— Je ne suis pas mourant.

Elle n'en était pas si sûre. Elle lui caressa la tête.

— Anna ?

— Oui ?

— Vous avez gagné. Téléphonez à Whitmeyer. Il habite au bout de la rue.

Enfin raisonnable !

— Il faut l'hospitaliser, décréta le docteur Whitmeyer dès qu'il aperçut Thomas.

Anna poussa un soupir de soulagement.

— Vous auriez dû m'appeler plus tôt, grommela le médecin. Se négliger ainsi est criminel.

— Je sais ce que c'est, protesta Thomas. Ce n'est pas la première fois que cela m'arrive.

— Raison de plus, mon vieux !

Withmeyer frappa du plat de la main sur le plateau de la commode, impatienté.

— Le repos c'est très bien, mais dans votre cas ce n'est pas suffisant.

— Je dois repartir pour le Guatemala, docteur.

Il se redressa sur ses oreillers et jeta un coup d'œil furibond au vieil homme. Withmeyer ne s'émut pas pour autant.

— Si vous voulez y arriver vivant, ce ne sera pas avant septembre. En revanche, si vous désirez vous y faire enterrer, vous n'avez qu'à prendre le prochain avion. Et quand je dis septembre, c'est à condition que vous vous laissiez soigner sans protester.

Thomas en resta bouche bée, mais pas pour longtemps.

— Septembre ? Mais on m'y attend dans deux semaines ! Et je dois remplacer Will au collège à partir de lundi.

Withmeyer regarda Anna, puis leva les bras au ciel.

— Lundi ? Mon pauvre ami, lundi vous serez toujours à l'hôpital !

Thomas ouvrit la bouche pour protester mais ne trouva rien à répondre. Acceptant brusquement la décision du médecin, il soupira et se laissa retomber sur les oreillers.

— Je vous déposerai à l'hôpital après le déjeuner, précisa Whithmeyer.

Thomas tourna la tête vers le mur, mâchoire serrée.

— Je serai de retour dans une demi-heure, ajouta le docteur à l'intention d'Anna. Pouvez-vous l'aider à se préparer ?

— Oui.

A condition qu'il se laisse faire, songea-t-elle.

Pour éviter qu'il se mette à crier, Anna décida de se conduire en véritable professionnelle, comme une infirmière. Prenant un air revêche, elle alla chercher des vêtements et les déposa sur le lit.

— Voulez-vous que je vous aide à vous habiller ? demanda-t-elle, connaissant déjà la réponse.

— Non, merci.

Un vague sourire éclaira alors son visage rongé de fièvre.

— Je préfère me débrouiller.

Anna éclata de rire. S'il avait encore la force de plaisanter, c'était qu'il allait déjà mieux.

Lorsque le Dr Withmeyer revint, Thomas l'attendait au rez-de-chaussée, assis sur le canapé de l'entrée.

— Tout est prêt ?

Thomas hocha lentement la tête sans quitter Anna des yeux. Il y avait dans son regard un tel désespoir, un tel appel au secours, qu'elle en reçut un coup au cœur.

— Venez, dit-elle en se levant. Je vous accompagne.

Une équipe médicale s'empara de Thomas dès son arrivée à l'hôpital, avant même qu'on ait fini de l'enregistrer, et Anna se trouva devant une liasse de feuilles à remplir. La panique qu'elle avait vue dans ses yeux lorsqu'il s'était éloigné la tourmenta. Ne sachant pratiquement rien de lui, elle se promit d'en demander la raison à Will ou à Jenny. Ayant terminé son pensum, elle se dirigea vers le premier étage.

La porte de la chambre de Thomas était close, et, quand elle tenta de l'ouvrir, une infirmière se précipita.

— Il dort ! Revenez plus tard.

Anna avait promis de rester avec lui. Elle s'installa donc dans le hall.

D'abord prévenir Jenny. Elle aperçut une cabine téléphonique et l'appela immédiatement. Première réaction de Jenny : la surprise.

— Vous êtes à Belle River ?

Seconde réaction : la stupéfaction.

— On l'a hospitalisé et il n'a pas protesté ? C'est qu'il doit être à l'article de la mort.

Puis la jeune fille s'inquiéta de savoir qui donnerait les cours au collège le lundi suivant.

— Il faut prévenir Will.

Dans le feu de l'action, Anna avait oublié ce détail. Comme la vie était compliquée. Will devait remplacer son père et s'était fait lui-même remplacer par Thomas qui allait maintenant devoir trouver un remplaçant. Ouf ! Mais comment joindre Will dans la jungle guatémaltèque ? Un café tiédasse pour s'éclaircir les idées, un bon fauteuil pour réfléchir confortablement, et elle s'endormit.

— Miss Douglas ?

Anna se réveilla en sursaut. Une infirmière ressemblant à une grosse bouteille de lait était penchée sur elle.

— Oui ?

— M. Davies vous réclame. Nous pensions que vous étiez partie, mais...

Anna se leva d'un bond et suivit la femme.

— Essayez de le convaincre de dormir. Il est très énervé. Demandez-lui de se détendre. Je suis certaine qu'il le fera pour vous.

« Pour moi ? Ce serait plutôt le contraire ! »

D'abord, elle ne le reconnut pas. Ce malade livide attaché sur un lit entouré de barrières métalliques ne pouvait être Thomas. Des sondes, des perfusions... Anna eut brusquement une folle envie de s'enfuir. Mais, entendant ses pas, il ouvrit les yeux et ne fut subitement plus un étranger.

— Ils disaient que vous étiez partie, murmura-t-il en tentant de s'asseoir.

Anna posa la main sur sa poitrine pour l'obliger à rester allongé.

— Non. On m'avait interdit la chambre et j'attendais dans le hall.

— Ah...

Sa réponse parut le satisfaire et elle fut heureuse d'être restée. Il existait maintenant une sorte de lien ténu entre eux.

Anna tendit la main et caressa la sienne. Il referma les doigts, la retint.

Les heures passèrent, l'équipe de nuit vint relever la précédente, on servit le dîner. Vers huit heures trente, Withmeyer passa la tête dans l'entrebâillement de la porte.

— Toujours là ?

Anna ne quitta Thomas qu'une fois, pour essayer de joindre Will. Ne pouvant lui téléphoner, elle lui envoya un télégramme. Ensuite, elle appela Jenny. Celle-ci lui promit de rendre visite à Thomas le lendemain matin et lui annonça qu'elle revenait immédiatement à la maison, au grand soulagement d'Anna. Quelqu'un tiendrait la maison en son absence et recevrait la réponse qu'elle attendait de William.

De retour dans la chambre de Thomas, elle y trouva une charmante infirmière. Vingt-quatre ans environ, son âge.

— Désirez-vous un peu de thé ?

— Oh, oui. Merci.

Anna s'installa dans un fauteuil, tout contre le lit, et sommeilla jusqu'à ce que la jeune femme revienne.

— Mon fiancé a été blessé au Viêt-nam. Comme vous, je ne l'ai pas quitté un instant.

— Oh !

Evidemment, ayant aperçu sa bague de fiançailles, l'infirmière avait pris Thomas pour l'heureux élu. Anna eut envie de la détromper mais n'en eut pas le courage. Elle était trop fatiguée.

La nuit se passa un peu comme l'après-midi. Cependant, l'effet des calmants commençant à passer, Thomas se réveilla plus souvent. Chaque fois, après l'avoir cherchée des yeux, il agrippait sa main.

Vers le matin, quand elle fut certaine qu'il ne se réveillerait plus, Anna s'endormit à son tour, enroulée dans une couverture.

Quel réveil ! Elle avait mal partout. Ouvrant un œil prudent, elle aperçut le regard de Thomas fixé sur elle.

— Bonjour, marmonna-t-elle.

Depuis combien de temps l'observait-il ?

— Bonjour.

Il parvint à sourire et Anna nota qu'il était moins pâle.

— Vous êtes ravissante lorsque vous dormez.

— Vous aussi, répondit-elle en bâillant, moqueuse.

— Merci d'être restée.

Elle rougit légèrement.

— Ce n'était pas un bien grand sacrifice, murmura-t-elle d'un air gêné.

— Vous devez être épuisée.

— Je me débrouillerai.

Ils rirent tous les deux.

— Et vous ? Comment vous sentez-vous ?

— Pas trop mal. Mais très faible. Je me demande si ce mieux est passager ou si je suis en voie de guérison.

— Je pencherais plutôt pour la seconde hypothèse.

Le voyant sourire, ravi, elle s'empressa d'ajouter :

— Mais cela ne veut pas dire que vous pourrez prendre le prochain avion pour le Guatemala.

— Rabat-joie ! En tout cas, je me sens mieux.

Il avait une façon de la regarder, maintenant, qui prouvait qu'il allait... Trop bien. Anna se leva.

— Bon... Eh bien... Je crois que... je vais rentrer.

— Peureuse !

Elle devint écarlate.

— Au revoir, dit-elle en se précipitant vers la porte.

— Anna !

Sa voix n'était plus moqueuse. Anna crut même y déceler un début de panique.

— Quand reviendrez-vous ?

Ce brusque changement la stupéfia. Un moment il était railleur et sûr de lui, l'autre, il se conduisait comme un véritable petit garçon. Anna ne put s'empêcher de le comparer à Rich. Avec ce dernier, pas de surprise. Il était d'humeur toujours égale et n'improvisait jamais. Thomas, en revanche...

— Je serai là à midi. D'accord ?

Il hocha la tête mais elle le sentit tendu.

— Si vous avez besoin de quelque chose, appelez à la maison. On va vous installer un téléphone dans la chambre. C'est Jenny qui répondra. Elle revient aujourd'hui.

Elle lui sourit timidement. Un instant elle se fit l'effet d'une mère abandonnant son enfant dans la cour de l'école le jour de la rentrée. Elle se pencha et effleura son front de ses lèvres.

Jenny l'attendait lorsqu'elle rentra.

— Un nommé Rich a téléphoné hier soir.

— Mon Dieu ! Que lui avez-vous dit ?

— Seulement que vous aviez accompagné mon cousin à l'hôpital. Pourquoi ? J'ai gaffé ?

— Non, non.

Elle se reprocha d'avoir montré à Jenny que l'incident l'ennuyait et prit un ton dégagé pour le questionner.

— C'est tout ? Qu'a-t-il répondu ?

— Seulement que vous ne lui aviez jamais parlé de ce cousin. Qui est-ce ?

— Mon fiancé. Je n'ai pas mentionné Thomas parce que je pensais que cela ne l'intéresserait pas.

Jenny réfléchit un moment.

— Je ne comprends pas. Pourtant il ne voyait pas d'inconvénient à ce que vous viviez avec Will et moi.

— Ce n'est pas la même chose.

La jeune fille grimaça un sourire.

— En effet. Thomas est beaucoup plus dangereux que le sera jamais Will.

C'est ce que pensait aussi Anna. D'un point de vue attirance physique, Thomas Davies était probablement l'homme le plus dangereux qu'elle ait jamais rencontré.

— Vous comprenez maintenant pourquoi je n'ai rien dit à Rich à son sujet.

Jenny sourit d'un air entendu, puis se frappa le front.

— J'allais oublier. Will a téléphoné. Il saute dans le premier avion et arrive. Votre Rich n'y verra que du feu. S'il se renseigne, il n'y aura que vous, Will et moi. Un peu comme si Thomas n'était jamais venu.

Mais Thomas était venu, et rien de ce que dirait ou prétendrait Anna ne pourrait changer cela. Rich ignorerait peut-être ce qui s'était passé durant cette semaine, mais Anna ne l'oublierait jamais. Comment imaginer, dorénavant, un monde sans Thomas Davies ? Il faisait partie de son existence. A quel point ? Elle eut peur de l'apprendre.

« J'aime Rich », se répéta-t-elle plusieurs fois. Mais son cœur ne battit pas plus vite.

4

Le soir même, Anna se rendit à Dubuque pour y chercher Will qui devait arriver par le vol de neuf heures. Durant tout le trajet, elle s'inquiéta. Elle venait de passer deux longues heures à regarder Thomas dormir sans pouvoir le quitter un instant des yeux. Il l'attirait terriblement, aucun doute à ce sujet. Lorsqu'elle lui avait annoncé qu'elle allait à la rencontre de Will, elle s'était attendue à ce qu'il proteste bruyamment. Rien de tel. Il lui avait surtout paru très inquiet. Au cours de l'une de leurs conversations, Thomas lui avait avoué craindre terriblement les pilleurs de tombes et autres chapardeurs qui risquaient de mettre à mal son chantier. Le fait que Will revienne et laisse le site sans protection l'angoissait au plus haut point. Elle ne trouva pas de mots pour le consoler, se contentant de serrer longuement sa main.

William Fielding ressemblait exactement à l'idée qu'elle s'était faite de lui. Une version plus grande et plus masculine de Jenny. Les mêmes cheveux couleur de paille, les mêmes taches de rousseur. Il s'avança vers elle, la main tendue.

— Salut. Je suis Will. Vous êtes Anna, n'est-ce pas? Comment va Thomas?

Anna lui sourit.

— Mieux. Mais quand il a su que vous reveniez...

— Je comprends. Dommage que les choses ne se soient

pas passées comme nous l'avions prévu. Il s'agissait de son expédition et...

Anna hocha la tête, se souvenant de la façon dont Thomas parlait de ses fouilles. Il y avait alors dans sa voix une telle tendresse... Ils entassèrent les bagages de Will sur le siège arrière de la Coccinelle.

— Il n'a pas eu de chance avec cette fièvre, dit Will. A part lui, personne n'a rien attrapé. Je suppose qu'il a dû oublier de prendre ses cachets. Qu'a dit Whitmeyer au sujet de son retour ?

— Pas avant septembre, ou plus tard.

Will laissa échapper un petit sifflement.

— Entre la guerilla et les pilleurs, Thomas aura de la chance s'il retrouve trace de son chantier à ce moment-là.

Il plia sa grande carcasse afin de la caser dans la Volkswagen.

— Si nous nous arrêtions quelque part pour manger un hamburger ? Je meurs de faim. Six mois dans la jungle me font toujours le même effet, au retour. Une énorme envie de viande hachée et de pickles.

Il lui indiqua l'adresse de son fast food préféré et ils s'y rendirent immédiatement. Pendant le repas, Anna lui raconta les événements de la semaine précédente, son arrivée, la maladie de Thomas. Elle avait l'impression de connaître Will depuis toujours, tant il ressemblait à son frère Pete. Le même humour, une excellente aptitude à écouter, un grand bon sens. Comme sa vie aurait été simplifiée s'il ne s'était fait remplacer par son cousin !

— Heureusement que vous avez réussi à lui arracher l'adresse de Whitmeyer. Quel idiot ! Il aurait dû l'appeler lui-même. Mais Thomas a toujours craint les médecins et les hôpitaux.

— Qu'entendez-vous par là ?

— Les enfants détestent se faire soigner, c'est bien connu. Moi-même, lorsque j'étais jeune... Mais chez Thomas cela dépasse tout ce qu'on peut imaginer. Quand nous avions douze ans, environ, je me souviens qu'il se coupa à la jambe assez gravement, au point qu'il fallut poser des points de suture. Quelle panique ! Pourtant, c'était un enfant terrible que rien n'effrayait. La coupure n'était rien pour lui, c'était l'idée d'aller à l'hôpital qui l'angoissait.

— Vous a-t-il jamais dit pourquoi ?

— Thomas ? Jamais de la vie ! Nous nous connaissons depuis toujours, mais il a ses secrets.

Il sourit par-dessus son verre.

— Vous ne l'aviez pas remarqué ?

— Un peu.

— C'est ce que je pensais.

Il finit son hamburger.

— Il est temps de rentrer. Je tombe de sommeil. Je n'arrive à croire que je me trouvais encore ce matin à des milliers de kilomètres et à des siècles de notre civilisation.

Il paya, se leva et s'étira.

— Comme c'est agréable de se retrouver chez soi !

— Vous ne regretterez pas ces fouilles ?

— Non, pas vraiment. J'aime mieux enseigner. C'est Thomas qui préfère travailler sur le terrain.

— Je n'ai jamais vu quelqu'un travailler autant. Même à l'article de la mort...

— Je sais. C'est un curieux bonhomme. J'ai l'impression parfois qu'il préfère des hommes et des vestiges vieux comme le monde à nous. En tout cas, il leur fait plus confiance.

Will grimaça un sourire.

— Mais ceci ne l'empêche pas de prendre du bon temps lorsqu'il le peut.

— Cela aussi je l'avais remarqué.

— Qui pourrait l'en blâmer ? Il a été fiancé une fois, mais ça n'a pas marché du tout. Depuis, son travail lui suffit. D'ailleurs, je ne vois pas une femme le suivre dans ses expéditions.

Un autre Toby, songea Anna. Monsieur Je-Veux-

Rester-Libre. Mon Dieu, pourquoi ne pas arriver à le haïr ? Ce serait tellement plus facile.

— J'ai entendu dire que vous étiez fiancé, murmura-t-elle pour changer de sujet.

— Oui. Andrea est botaniste. Elle observe les fleurs pendant que je creuse. Nous formons un couple parfait.

— Elle vous manque, n'est-ce pas ?

Ce n'était pas vraiment une question. Anna l'avait senti au ton de sa voix.

— Enormément ! Etre loin d'elle, c'est comme me séparer d'une partie de moi-même.

— Parlez-moi d'elle.

Will fut intarissable durant tout le trajet. Il raconta Andrea, leur vie dans la jungle, quand elle l'accompagnait ; il se raconta également. Anna apprit beaucoup sur eux. Et sur elle, par la même occasion. Soudain, une petite voix lui murmura à l'oreille que si Rich semblait lui manquer, ce n'était rien comparé à Will et Andrea.

Une fois Will installé, Anna eut du mal à croire qu'elle avait passé une semaine avec Thomas dans la même maison. Sa vie changea du tout au tout. Finit le repos. Il y avait les cours de Will à préparer, ses notes à mettre au clair. Elle fut bientôt submergée de travail. Comme elle parlait espagnol et connaissait bien la poterie, elle lui fut d'une aide précieuse.

Mais Will était facile à vivre, toujours de bonne humeur, et travailler avec lui était un plaisir. Bonheur que ne semblait pas partager Thomas lorsqu'elle lui rendait visite.

En effet, chaque fois qu'elle lui parlait des travaux de son cousin, il devenait furieux. A peine ouvrait-elle la porte qu'il l'agressait de questions et l'accablait de reproches.

— A vous entendre parler de Will, grommela-t-il un jour, on croirait qu'il s'agit d'une vedette de cinéma !

— Parce que j'aime collaborer avec lui ? En quoi cela vous regarde-t-il ?

— Je m'en fiche.

Il s'était tourné vers la fenêtre et n'avait plus desserré les dents.

Plus Anna parlait de Will, plus l'irritation de Thomas croissait. Elle cessa bientôt de mentionner ses travaux. Mais la conversation en pâtit. Thomas n'était pas homme à s'entretenir de petits riens, aussi passaient-ils des heures à regarder les murs en silence. En partant, Anna se promettait de ne pas repasser le lendemain, mais au moment de son départ, Thomas lui posait toujours la même question.

— Quand vous reverrai-je ?

Et Anna revenait.

L'idée que Thomas vive de nouveau sous le même toit qu'elle l'affolait. Heureusement, Whitmeyer ne semblait pas vouloir le relâcher trop tôt.

Cependant, le jour tant redouté arriva plus vite que prévu. Une semaine après l'admission de Thomas à l'hôpital, Will et Anna trouvèrent le docteur Whitmeyer dans sa chambre, tout souriant.

— Je suis d'accord, disait-il quand ils poussèrent la porte, mais à condition que vous vous reposiez sérieusement, et qu'on vous surveille.

Will regarda le médecin, perplexe.

— Le surveiller ?

— Oui, pour l'empêcher de trop s'agiter. Votre cousin est impossible. Pour éviter qu'il se lève, nous avons dû l'attacher. S'il se remet au travail immédiatement, je ne lui donne pas une semaine pour se retrouver parmi nous !

— Mais je..., tenta de protester Thomas.

— Je sais. Vous vous sentez bien. Et c'est sans doute vrai. Mais vous êtes plus faible qu'un nouveau-né. Plus la moindre activité jusqu'à ce que je le permette !

Allait-il suivre les ordres de Whitmeyer ? se demanda Anna. Elle observa Thomas du coin de l'œil. Rasé de frais, il était encore plus attirant et n'avait plus aucun rapport avec l'épave qu'elle avait traînée de force à l'hôpital. Thomas s'alimentait normalement maintenant, ne souffrait plus de nausées.

— Qu'en pensez-vous ? lui demanda Will en souriant. Le reprendrons-nous ?

Anna sentit son estomac se serrer.

C'était la meilleure solution pour Thomas. Mais pour elle ?

— Anna sera d'accord, déclara Thomas. M'avoir maintenant à la maison ne sera jamais pire que ce qu'elle a subi pendant une semaine.

Il grimaça un sourire qui donna à Anna l'envie de se cacher dans un trou de souris.

— Je ne pense pas, en effet, que vous puissiez vous conduire plus mal, répondit-elle d'un ton pincé.

— Tu vois bien, dit Thomas, triomphant, à son cousin.

— Vous partirez après le déjeuner, annonça Whitmeyer. Mais pas question de quitter le lit !

— Je le surveillerai, promit Will.

— J'aimerais mieux que ce soit Anna !

Le docteur sourit, Anna devint écarlate.

— Je ne suis pas infirmière !

— Vraiment ? Il m'a pourtant semblé, la semaine dernière...

— C'est parce que vous étiez trop têtu pour accepter de voir un médecin !

— Du calme ! s'écria soudain Whitmeyer. Il ne faut pas l'exciter, cela retarderait sa guérison.

Thomas lui adressa un regard moqueur qu'elle fit semblant d'ignorer. Un autre Toby ! Beau, meilleur, séducteur, sans scrupule. Maintenant qu'il se sentait mieux, il avait sans doute décidé de prendre du « bon temps » et avait jeté son dévolu sur elle, la seule femme disponible à la maison. Ne pas succomber à son charme n'allait pas être aisé.

Pour commencer, Anna décida de ne pas être là lorsqu'il reviendrait. Mais, malchance, Will fut forcé d'assister à une réunion au collège et ce fut elle qu'il chargea d'aller récupérer Thomas. Comme l'avait prédit le docteur, il était dans un état d'extrême faiblesse, et incapable de lui faire le moindre mal. Mais il était si attirant !

Une fois à la maison, Thomas ne trouva rien de mieux que de se déshabiller devant elle au moment où elle lui apportait du thé. Anna s'enfuit, épouvantée, sous son regard moqueur.

— Mais vous ne me gênez pas ! lui lança-t-il.

— Appelez-moi si vous avez besoin de quelque chose, répondit-elle en dévalant l'escalier.

Cet homme avait-il juré de la rendre folle ? Et en plus il riait !

Pendant qu'elle lavait la vaisselle, le téléphone sonna. Rich, certainement. Il avait appelé tous les soirs, et chaque fois Anna se trouvait à l'hôpital. Le moment de lui parler de Thomas Davies était arrivé.

— Vous êtes toujours absente ! s'écria-t-il dès qu'elle décrocha. Où allez-vous, tous les soirs ? Qui est ce cousin ? Pourquoi lui rendre visite ?

Il paraissait ennuyé, et Anna vit bien qu'il ne comprendrait pas. Elle décida de s'en tenir strictement à la vérité. Enfin, une partie de la vérité.

— Il s'agit du Pr Thomas Davies. Il dirigeait l'expédition à laquelle participait Will... Je veux dire William Fielding. Il a attrapé un virus et se repose maintenant chez les Fielding. C'est moi qui allais le voir à l'hôpital parce que Jenny et Will étaient trop occupés.

Tout ce qu'elle venait de déclarer était vrai. Jenny et Will étaient occupés, non ? L'une chez des amis, l'autre au Guatemala. Mais cela, Rich n'en entendrait jamais parler.

— Ma pauvre Anna. Pourquoi faut-il que vous vous

occupiez toujours des canards boiteux ? Il est toujours hospitalisé ?

— Non. Il est revenu à la maison aujourd'hui. Dès qu'il ira mieux il repartira pour le Guatemala.

— Parfait !

— Comment, parfait ?

— Je n'ai jamais pensé qu'une adolescente de quinze ans ferait un bon chaperon pour vous et ce Fielding. Je suis heureux que le Pr Davies soit là pour vous surveiller.

Anna faillit s'en étrangler.

— J'espère que vous le soignez bien, poursuivit Rich. Encore un de ces chiens perdus qui vous brisent le cœur.

— Thomas Davies n'est pas exactement...

Oh, à quoi bon ?

— Pour moi c'est pareil. Vous avez toujours aimé vous pencher sur les malheurs de vos semblables. Mais un archéologue malade... Quelle nouveauté ! Vous occuper de lui vous empêchera de faire des bêtises.

S'il savait !

— J'ignorais que vous m'imaginiez capable de mal me conduire, répondit-elle un peu trop sèchement.

Elle se contint. Jamais ils ne s'étaient disputés, et elle aurait préféré ne pas commencer maintenant.

Rich se rendit compte de ce que son accusation sous-entendait et tenta de s'excuser.

— Mais je ne le pense nullement ! J'ai dit cela parce que vous me manquez. Pourquoi m'avez-vous quitté ?

C'était la première fois qu'il semblait lui en vouloir, cela ne fit qu'accentuer son sentiment de culpabilité.

— Je pensais que c'était une bonne idée, murmura-t-elle.

Une idée qui lui paraissait nettement moins heureuse, maintenant. Comme elle aurait voulu se retrouver, par quelque miracle, à Los Angeles, loin de l'homme qui occupait trop ses pensées.

— Je suis allé à une soirée chez les Jamison, lui dit Rich.

Il se mit à décrire la maison de ses amis avec enthousiasme, pendant qu'Anna songeait que ce soir-là elle avait passé la nuit à l'hôpital. Pas un instant, elle regretta de ne pas y avoir assisté.

— Ce devait être très amusant, mentit-elle. Vous me manquez, Rich.

Là, ce n'était pas vraiment un mensonge.

— J'en suis heureux. Pourquoi ne revenez-vous pas ?

— C'est impossible. On ne rompt pas ainsi un contrat.

Elle l'entendit soupirer.

— Bon. Mais continuez à penser à moi. Et méfiez-vous de tous ces chercheurs, même de Davies. Quant à ce Fielding...

Il se trompait de séducteur, mais Anna ne le lui dit pas.

— Vous m'appelerez dimanche ?

— Bien sûr. Soyez sage et soignez bien votre vieux professeur.

Après qu'il eut raccroché, Anna se sentit terriblement coupable. Elle aurait dû lui dire que Thomas l'attirait mille fois plus que Will. Elle n'avait pas osé parce que ce qu'elle ressentait envers Thomas était encore plus fort que ce qu'elle avait expérimenté avec Toby.

Anna ferma les yeux et se souvint. Toby Evans, rencontré dans une soirée, pendant sa deuxième année à l'université. Dès qu'elle l'avait aperçu, c'en avait été fait d'elle. Le coup de foudre !

Les longues promenades au clair de lune, les flirts prolongés dans sa petite Triumph... Il était heureux qu'il ait opté pour une voiture de sport, sinon... Bien qu'Anna ait décidé de garder sa virginité jusqu'au mariage, elle n'aurait pas hésité à s'en débarrasser pour lui. A ce moment-là, elle était prête à tout, tant elle était certaine qu'ils feraient leurs vies ensemble.

Puis il y avait eu la première alerte. Une réflexion de son amie Lorraine.

— C'est un homme à femmes, méfie-toi.

Se méfier de l'homme qu'elle aimait ? Pas question !
Anna était si naïve...

Mais lorsqu'il n'était pas venu à un rendez-vous, puis à
un autre, elle avait commencé à s'inquiéter. Et quand il
l'avait appelée Gloria en l'embrassant ç'avait été le début
de la dégringolade.

— Qui est Gloria ?

Il avait souri. Un sourire de prédateur, de fauve à la
recherche de chair fraîche. Le même qu'affichait parfois
Thomas.

— Je suis désolé, je voulais dire Anna. Gloria est une
fille avec qui je sortais autrefois.

Gloria, découvrit bientôt Anna, était enceinte de cinq
mois et proclamait partout que Toby était le père de
l'enfant.

Mis au pied du mur, Toby ne s'était pas donné la peine
de nier. Il prit la chose en riant. Anna, elle, ne trouvait
plus cela très drôle.

— Est-ce vrai ?

Il avait haussé les épaules.

— Qui sait ? Elle est majeure, non ?

La fin d'un beau rêve ! Elle ne serait jamais Mme Toby
Evans.

— Je crois que nous devrions cesser de nous voir,
avait-elle murmuré, bouleversée à l'idée de lui faire du
mal.

Toby avait une nouvelle fois haussé les épaules.

— D'accord. D'ailleurs, j'ai trouvé un emploi à Minneapolis. Je pars mardi.

Et il était parti, abandonnant Anna et son cœur brisé.

Anna n'avait plus voulu sortir avec un garçon, et cela
avait duré un an, jusqu'à ce qu'elle rencontre Rich.
Evidemment, son cœur ne battait pas la chamade lorsqu'il
venait la chercher, mais elle l'aimait bien, elle savait
pouvoir compter sur lui. Le temps passant, elle se mit
même à l'aimer tout court. Deux années de calme et de
gentillesse. Le mariage était la conclusion logique de cet

amour sans passion mais agréable. Rich lui offrait tout ce dont elle avait toujours rêvé : un mari, des enfants, un foyer.

Mais une fois la bague au doigt, Anna avait commencé à douter. Et maintenant qu'elle avait rencontré Thomas...

— Je crois que sortir nous ferait du bien, déclara Will un soir où il regardait la télévision avec Anna et Thomas.

— Tout à fait d'accord ! s'écria ce dernier.

— Pas toi. Seulement Anna et moi. Nous avons besoin de nous changer les idées. Tu n'es pas un malade facile.

— Merci beaucoup, grommela Thomas d'une voix sèche. Et que vais-je devenir sans mon infirmière ?

Il avait pris l'habitude de l'appeler ainsi car il savait que cela l'ennuyait.

— Elle est fiancée, ajouta-t-il d'un air sombre.

— Moi aussi, répondit Will sans se démonter. C'est pourquoi nous pouvons sortir ensemble. Andrea n'y verra aucun inconvénient, pas plus que Rich.

Ce n'était pas vrai, mais Anna préféra ne pas le contredire. Elle avait envie de s'évader un peu. S'occuper toute une semaine d'un homme aussi attirant l'avait épuisée. Il était si difficile d'être continuellement sur la défensive. D'autant que Thomas ne cessait, par de petites phrases à double sens, de lui faire savoir qu'elle lui plaisait.

Pour se venger, elle adressa son plus beau sourire à Will.

— Où irons-nous ?

— Des collègues de la faculté organisent un pique-nique demain soir. Qu'en dites-vous ?

— J'adore les soirées en plein air !

— Où auront lieu ces agapes ? demanda Thomas d'une voix détachée.

— Près de la maison des Salty. Là où nous ramassions des pointes de flèches quand nous étions jeunes.

— Je vois.

Anna le regarda, mais il paraissait surtout absorbé par le match de football qu'il suivait sur l'écran. Ce calme lui sembla inquiétant, et elle se leva, nerveuse.

— Je vais taper quelques feuillets puis j'irai me coucher. Bonsoir.

— Bonsoir, répondit gentiment Will.

— 'Soir, grommela Thomas sans tourner la tête.

Anna monta à l'étage sans savoir que penser. Diable d'homme ! Ou il lui faisait un charme éhonté, ou il l'ignorait complètement. Quel plaisir de l'oublier toute une soirée ! Evidemment, Rich serait furieux s'il apprenait qu'elle était sortie avec Will qu'il continuait à considérer comme un redoutable rival. Mais comment faire autrement ?

Le lendemain, Anna fut débordée de travail. Heureusement, elle n'eut pas à s'occuper de Thomas. Celui-ci, en effet, avait décidé de passer justement la journée chez les Salty. Elle tenta de protester mais il se montra inébranlable.

— Je me reposerai aussi bien sous leur porche que dans ce lit de malheur. Et puis, j'aurai au moins quelqu'un pour me faire la conversation. Avec Salty, on ne s'ennuie jamais.

L'homme était le bibliothécaire de l'université. Un vieux monsieur à cheveux gris qui ressemblait à un bon gros chien. Il prit mille précautions pour installer Thomas dans sa vieille Chevrolet, quand il vint le chercher.

— Je veillerai sur lui, dit-il à Anna.

Thomas paraissait particulièrement heureux de partir. Sans doute parce qu'elle s'était montrée trop enthousiaste lorsque Will l'avait invitée. Elle n'aima pas le petit sourire qu'il lui dédia avant que la voiture démarre.

— Amusez-vous bien !

— Je n'y manquerai pas, répondit-elle froidement.

Il n'était toujours pas revenu lorsqu'ils s'en allèrent, et Anna commença à s'inquiéter.

— Il avait promis de se reposer.

— Salty le surveille. Ne vous tracassez pas, ne pensons plus à lui. Ce soir, pas de responsabilités !

Anna aurait bien voulu ne pas penser à Thomas, mais le moyen de faire autrement... En arrivant sur les lieux du pique-nique, cependant, son humeur s'améliora.

— Comme cet endroit est joli ! Il y a même un ruisseau !

La grande prairie fraîchement moissonnée était entourée de beaux grands arbres.

Anna aida Will à sortir du coffre de la voiture des couvertures et les salades qu'ils avaient préparées. Plusieurs jeunes femmes disposaient des plats sur l'herbe.

— Mon Dieu ! Il y en a pour une armée !

— Nous avons bon appétit, par ici, déclara Will en riant. Venez, je vais vous présenter.

Ce qu'il fit sans attendre, mais à une telle vitesse qu'Anna ne vit défiler qu'une multitude de visages souriants. Tous étaient jeunes, tous se ressemblaient. A l'exception d'un vieux professeur avec qui elle parla un peu. Il connaissait bien la Californie et lui décrivit avec enthousiasme un de ses séjours. Malheureusement, au lieu de se détendre, Anna se mit à penser à Thomas. Où était-il ? Pourquoi n'était-il pas rentré à la maison ? Comme elle aurait voulu qu'il soit ici ! Ce souhait la bouleversa et, pour se punir, elle écouta avec plus d'attention le monologue du vieil enseignant. Finalement, Will vint la tirer de ce pas difficile.

Il lui glissa un verre de bière dans la main et prit son bras.

— Suivez-moi. J'ai encore une foule de gens à vous présenter.

Ils se dirigèrent vers un couple qui se tenait un peu à l'écart.

— Voici Mike Tate, notre directeur administratif, et sa femme, Cindy.

Ils étaient tous deux grands, blonds, bronzés. En les

voyant, on pensait aussitôt à Hawaii ou à la Californie plutôt qu'au Wisconsin. Cindy devait avoir dans les vingt-cinq ans, et son visage était remarquablement fin.

Anna leur serra la main. Celle de Mike un peu insistante; sa femme ne faisant qu'effleurer les doigts qu'elle lui tendait. Anna remarqua soudain que Cindy regardait sa main gauche fixement. Etonnée, elle comprit bientôt que la jolie blonde fixait sa bague de fiançailles. Tout s'éclaira. Cindy devait se demander ce qu'elle faisait avec Will, connaissant l'existence d'Andrea, et était trop polie pour l'interroger.

— Anna Douglas nous arrive de Californie. Elle habite chez nous et enseignera au collège à la rentrée.

Cindy Tate sourit vaguement sans quitter la bague des yeux.

— Vous êtes fiancée ? finit-elle par demander, incapable de contenir sa curiosité.

— Oui, mais...

— Mais pas avec Will, déclara une voix familière.

Le bras de Thomas se posa sur son épaule d'une manière qu'elle jugea des plus possessives. Il la serra contre lui.

— Thomas !

Mais que faisait-il ici ? Et en plus il avait le toupet de l'embrasser sur la joue devant ces gens !

— Thomas...

Anna tenta de se dégager mais il la serra tant qu'elle ne put se déplacer d'un millimètre. Bien qu'affaibli, il était encore trop fort pour elle.

— Quelle surprise, n'est-ce pas ?

Il se tourna en souriant vers le couple.

— Figurez-vous que Will et Anna avaient décidé de me laisser seul à la maison. Je me remets en ce moment d'une crise de malaria, mais j'ai décidé que je ne pouvais laisser Anna sans surveillance.

— Thomas !

Anna lui donna un petit coup de pied sur la cheville.

— Voyons, ne soyez pas embarrassée. Mike et Cindy viennent juste de se marier. Ils comprennent fort bien.

« Je vais l'étrangler ! Dès qu'il me lâche, je le tue ! Et Mike sourit bêtement ! Tiens, sa femme fait une drôle de tête. Je me demande bien pourquoi ? »

— Si tu m'avais dit que tu voulais rester seul avec Anna, je ne l'aurais jamais amenée ici, déclara soudain Will. Je déteste briser l'harmonie d'un couple d'amoureux.

« Je vais en tuer deux ! Mais qu'ont-ils ? Sont-ils devenus fous ? Et ils me regardent en riant, s'attendant sans doute à ce que je partage leur amusement. »

Ne pouvant traiter Will de menteur devant ses amis, Anna préféra changer de sujet.

— Vous venez de vous marier ?

— A Pâques, déclara Cindy avant de se tourner vers Thomas. Dommage que vous vous soyez trouvé dans la jungle. Nous aurions tant voulu vous inviter !

— Vous pourrez toujours assister à nos noces, n'est-ce pas, Anna ?

« Cette lueur moqueuse dans son regard... C'est dit, de retour à la maison je l'égorge ! La strangulation serait une mort trop douce. Enfin, pour l'instant jouons le jeu. »

— Si vous le désirez, chéri, murmura-t-elle d'une voix sucrée.

Mais dès que les Tate se furent éloignés, Mike toujours aussi placide, Cindy souriante mais le regard glacé, Anna se tourna vers Thomas comme une furie.

— Voulez-vous me dire ce que... ?

— Pas ici, chuchota-t-il, les dents serrées.

— Je vais chercher de quoi manger, coupa vivement Will. Installez-vous sous cet arbre, je reviens.

Il se dirigea vers le buffet, hésita, revint sur ses pas et prit Anna par le bras.

— Accompagnez-moi.

Il avait dû sentir que la laisser seule avec Thomas n'était pas très judicieux.

— Mais il est fou ! Qu'est-ce qui lui a pris ?

— Je crois le savoir.

— Et ?

— Il vous l'expliquera plus tard.

— Mais je ne suis pas fiancée avec ce…

— Je sais.

— Mike et Cindy Tate ne le savent pas !

— Ce qui justifie ce mensonge. Ne vous inquiétez pas, personne ne vous forcera à l'épouser. Tenez.

Il lui tendit une assiette.

— Servez-vous largement. Cela vous évitera de revenir. Et n'oubliez pas Thomas.

— Qui vous dit que je ne vais pas saupoudrer son repas d'arsenic ?

Will éclata de rire.

— Vous lui en voulez donc tant ?

— Passer pour la fiancée de ce… de ce…

— Vous avez tort. Il n'est pas mal du tout, mon cousin.

— Je ne parle pas de son physique. C'est un serpent ! Un fou !

— Chut ! N'oubliez pas que vous parlez de l'homme de votre vie.

Ignorant son regard meurtrier, il la précéda jusqu'à l'endroit où Thomas les attendait, mollement étendu sur une couverture. Il bavardait avec une vieille dame et fit un grand sourire en apercevant Anna.

— Thomas ! Mais elle est ravissante !

A combien de personnes allait-il mentir encore ?

— Bonsoir, murmura-t-elle d'un ton prudent.

— Bonsoir, mon enfant. Je viens d'apprendre par Cindy Tate que vous alliez épouser ce vagabond. Quelle surprise !

« Et pour moi donc ! » Elle fusilla Thomas des yeux.

— Je vous félicite tous deux, ajouta la vieille dame avant de s'éloigner.

— Les nouvelles vont vite, murmura Thomas en souriant.

— Prenez cette assiette avant de la recevoir sur la figure! Comment avez-vous osé agir ainsi? Et d'abord, que-faites-vous ici?

— Mmm, c'est bon! Pour répondre à vos question: Un, j'ai pensé que c'était une bonne idée; deux, j'étais chez Salty, à cinq cents mètres d'ici, et je n'ai eu qu'à marcher.

— Félicitations! cria quelqu'un qui passait.

— Merci, répondit Thomas. Souriez, paraissez heureuse! ajouta-t-il à l'intention d'Anna.

— Vous êtes complètement fou! Cette journée au grand air vous a fait perdre le peu de raison qui vous restait.

— C'est probable. Je suis fatigué, maintenant.

Il posa son assiette sur l'herbe, s'allongea et mit la tête sur les genoux d'Anna.

— Je suis bien, soupira-t-il.

Anna se leva d'un bond, l'envoyant bouler au loin.

— Je ne suis pas votre oreiller! Je ne suis pas votre fiancée! Comment...?

Thomas se leva à son tour.

— Excuse-nous, dit-il à Will qui observait la scène en souriant.

S'emparant du poignet d'Anna, il la tira derrière lui jusqu'à ce qu'ils atteignent l'ombre des arbres.

— Lâchez-moi!

— Cessez de vous agiter. N'oubliez pas que je ne dois pas m'énerver. Si je rechute, ce sera de votre faute.

— Oh, pas de chantage, je vous prie! Expliquez-moi plutôt pourquoi vous avez raconté cette histoire de fiançailles.

Thomas prit un air gêné. L'air de quelqu'un qui n'avait pas très envie de répondre.

— Cette femme que vous avez rencontrée, commença-t-il, Cindy Tate...

— Oui?

— C'était la jeune fille avec qui je devais me marier.

— Cindy ?

Anna en resta bouche bée. Thomas grimaça un vague sourire.

— J'ai grandi, depuis, murmura-t-il.

« Je l'espère bien ! » faillit-elle répondre. Mais ce n'aurait peut-être pas été très apprécié. Elle se contenta donc d'une phrase neutre.

— Elle est ravissante.

— Oui.

Il y avait de l'irritation dans cette affirmation. La belle Cindy l'aurait-elle laissé tomber pour le magnifique Mike ? Anna aurait voulut satisfaire sa curiosité, mais un regard à Thomas lui fit comprendre que toute question serait inutile.

— C'est pour cela que vous avez inventé cette fable ?

— C'est un peu pour ça.

Un peu ? Beaucoup, plutôt. L'aimait-il toujours, la jolie Cindy au visage de porcelaine ?

— Mais cela ne tient pas debout ! Elle ne va pas tarder à s'apercevoir que nous ne sommes rien l'un pour l'autre.

Et si Rich apprenait cela ? Quel scandale ! Cette idée ridicule risquait de lui compliquer horriblement la vie. Rich, si sensé, ne comprendrait jamais qu'on puisse se livrer à de telles pitreries. D'ailleurs, Anna avait du mal à le comprendre elle-même. Depuis que Toby s'était éloigné pour toujours, elle avait tenté de ne plus jamais se trouver dans une situation compliquée.

Et il avait fallu que Thomas Davies arrive dans sa vie ! Quel désastre !

— Comment pourrait-elle l'apprendre ? demanda-t-il soudain.

— Mais parce que je suis fiancée à Richard Howell et que je compte bien l'épouser à la fin de l'année scolaire, tout simplement. A ce moment-là, tout le monde saura que nous ne sommes ni n'avons été fiancés !

— Je croyais vous avoir démontré que vous ne l'aimiez pas, soupira-t-il.

— Jamais de la vie ! Si je me souviens bien, vous vous êtes excusé de votre conduite par la suite. Et vous devriez faire de même maintenant. Si vous croyez que je vais rester ici à écouter des sornettes...

— Bon, bon ! la coupa-t-il. Je m'excuse encore. Pour l'autre fois, pour aujourd'hui, pour tout ce que vous voudrez ! Ne nous perdons pas dans des discussions futiles.

— Le mariage n'a rien de futile !

— Vous avez raison, dit-il d'un ton solennel. C'est pourquoi j'ai fait ce mensonge. J'ai besoin d'être fiancé.

Il parut d'un seul coup totalement épuisé. Vidé. Et Anna se sentit prise de pitié. Un peu jalouse aussi. Cette Cindy devait avoir un pouvoir tel que Thomas ne s'était pas encore remis de son abandon.

— Pour combien de temps ? demanda-t-elle d'une voix prudente.

« Mon Dieu ! Voilà que je deviens aussi folle que lui ! »

Il sourit.

— Je savais que je pouvais compter sur vous !

Il ne semblait plus du tout fatigué, maintenant.

— Disons, un certain temps. Pour qu'ils me croient vraiment. Allons, ne faites pas cette tête, cela vous plaira peut-être.

Cela, Anna le savait déjà !

Elle se souvint alors d'un conseil de son père. « Ne prie jamais pour obtenir quelque chose. Dieu pourrait te le donner ! »

Amen !

5

Anna s'était attendue à ce que ses « fiançailles » fassent rapidement le tour de la petite ville. Mais elle n'aurait jamais pensé que Thomas continuerait à se prêter à cette mascarade.

Revenant de la bibliothèque de l'université, où elle s'était rendue afin de chercher un document pour Will, elle trouva Thomas sous le porche, tout heureux.

— Et si nous faisions une petite fête pour célébrer nos fiançailles ?

— Comment ?

Elle venait de supporter pendant trois heures des commentaires murmurés à voix basse derrière son dos, mais pas suffisamment bas pour l'empêcher d'entendre, et sa grande pitié de la veille commençait à se dissiper. L'inviter à célébrer un mensonge était un coup bas. Surtout lorsqu'on le lui proposait avec un sourire à damner une sainte.

— Je connais un endroit charmant, poursuivit-il. De plus, vous avez besoin de vous changer les idées. Et je ne vous demanderai pas de préparer des kilos de salades… S'il vous plaît…

Thomas Davies n'exigeant pas ! Spectacle rare. Si rare qu'Anna ne put refuser.

« Il savait que je ne résisterais pas à son charme, se dit-elle. Quel air satisfait ! » Heureusement qu'elle était

fiancée pour de vrai à Rich. Succomber à la tentation...
Retomber dans les griffes d'un homme peut-être pire que
Toby. Car il était du genre à mettre son cœur en pièces et
à en rire, sans aucun doute.

Le soir, première surprise. Thomas l'attendait au salon
vêtu d'un costume très élégant. Et cela lui allait à
merveille. A sa vue, il se leva d'un bond.

— Vous êtes ravissante !

— Vous n'êtes pas mal non plus, répondit Anna en
riant.

— C'est la première fois qu'une petite amie me fait un
tel compliment.

Confuse, Anna s'en tira avec une pirouette.

— Petite amie ? N'oubliez pas, mon cher, que je suis
votre pseudo-fiancée !

— C'est vrai, dit-il gravement.

Leurs regards se croisèrent. « Comme j'aimerais que ce
soit vrai », songea-t-elle. Elle rougit et détourna la tête,
effrayée à l'idée qu'il lise dans ses pensées.

— J'ai réservé une table pour huit heures. Nous avons
le temps de nous promener un peu en voiture.

— Est-ce bien raisonnable ?

Il était encore faible. S'il rechutait ?

— Je vais très bien. D'ailleurs, si je me sens trop
fatigué, plus tard, vous conduirez.

Il lui prit le bras et la poussa doucement vers la porte
avant qu'elle ait le temps de protester. Ils s'installèrent
dans sa vieille Datsun et se dirigèrent vers le sud de la
ville. Thomas ne parla pas, se contentant de regarder le
paysage. Anna ne rompit pas le silence, heureuse de se
trouver avec lui. Au bout d'un certain temps, il arrêta la
voiture et lui montra l'endroit où, enfant, il ramassait des
pointes de flèches.

— Nous pourrions y revenir, dit-il d'un ton détaché.
Cela vous amuserait ?

— Enormément !

— C'est curieux. Ça ennuie la plupart des femmes.

Surtout Cindy, pensa-t-elle.

— Je ne suis pas la plupart des femmes. Dès que vous vous sentirez mieux, je vous accompagnerai.

— Dans une semaine ou deux...

— Nous verrons. Si vous n'êtes pas rétabli, je n'irai pas.

— Une véritable petite infirmière !

Cette fois, elle ne se fâcha pas. Elle lui abandonna même sa main, et ils revinrent à la voiture à pas lents. Il y avait entre eux comme une promesse ténue de bonheur qu'Anna ressentait pour la première fois de sa vie.

Thomas dut s'en rendre compte. En l'aidant à monter dans la voiture, il se pencha et effleura ses lèvres délicatement, comme s'il avait peur de gâcher la tendresse du moment. Anna se laissa aller sur son siège, bouleversée, incapable d'une pensée lucide. Elle eut soudain terriblement envie de se serrer contre lui.

Il avait réservé une table dans l'un des deux bons restaurants de Belle River. Anna en avait entendu parler et fut heureuse de constater qu'il était comme on le lui avait décrit, agréable et confortable. Le décor était chaleureux, la nourriture excellente. Elle en arriva à oublier qu'ils jouaient la comédie et souhaita que cette promesse d'union soit vraie. Ils bavardèrent longuement, parlèrent d'une foule de choses, rirent... Je n'ai jamais été aussi heureuse », se répétait-elle en l'observant.

— Plus de vin pour vous, dit-il soudain. Comme vous allez conduire au retour...

Elle s'alarma aussitôt.

— Vous ne vous sentez pas bien ?

— Je suis en pleine forme, mais je tiens à me montrer prudent. D'ailleurs, lorsqu'on a la chance de posséder un chauffeur aussi ravissant... De plus, j'ai décidé de dépenser mes dernières forces dans vos bras. Voulez-vous danser ?

Etonnée mais ravie, Anna se leva. Elle avait un peu l'impression d'être Cendrillon et d'assister à son premier bal. Une nuit irréelle, où tout prenait d'autres proportions. Elle se blottit contre lui.

Ils dansèrent étroitement serrés, lentement, se déplaçant à peine au rythme de la musique douce. Un moment privilégié qui...

— Mon Dieu ! Voyez donc qui est là ! s'exclama une voix aguichante derrière eux.

— Bonsoir, dit Thomas.

Anna regarda par-dessus son épaule et aperçut la belle Cindy Tate. La musique ayant cessé, les deux couples se firent face.

— Avez-vous dîné ? demanda Cindy.

— Oui. Nous allions partir, déclara Thomas en faisant mine de quitter la piste de danse.

— Prenez un dernier verre avec nous, roucoula Cindy. En souvenir du bon vieux temps.

Quelle garce ! Et Thomas ne bougeait pas ! Anna, qui mourait d'envie de partir, fut certaine qu'il allait accepter l'invitation, ce qu'il fit. Pour couper court à toute protestation, il lui serra le bras.

— D'accord, murmura-t-elle à contrecœur.

Les Tate étaient installés de l'autre côté de la piste par rapport à leur table. Comme on tardait à les servir, ils avaient décidé de danser en attendant. Thomas se lança aussitôt dans une grande conversation avec Mike, sans plus s'occuper de leurs deux compagnes. Par politesse, Anna essaya de discuter un peu avec Cindy, mais, ne recevant pas de réponse, elle préféra se taire. Cindy n'avait d'yeux que pour Thomas.

— Nous devrions nous en aller, déclara Anna lorsqu'ils eurent fini leurs verres. Thomas ne doit pas se coucher trop tard. Cette sortie l'a certainement fatigué.

— Mais il semble en pleine forme ! protesta Cindy. Thomas, notre chanson !

Elle se leva d'un bond.

— Dansons-la ! Mike, invite donc Anna, dit-elle à son mari en entraînant Thomas vers la piste.

Pauvre Mike qui semblait tant l'aimer ! Il se leva, obéissant et s'inclina devant Anna.

— Ne vous croyez pas obligé...

— Cela me fera très plaisir.

« Il est meilleur acteur que moi », songea Anna qui avait du mal à cacher son désarroi. Comme elle aurait voulu pouvoir se montrer aussi impassible... Cindy se collait à Thomas comme un coquillage à un rocher !

Si le temps lui avait paru trop court lorsqu'elle dansait avec Thomas, il n'en fut pas de même quand elle se trouva dans les bras de Mike. Dieu, ça n'en finissait pas ! Quant à Thomas, pour un homme qui désirait montrer à son ex-fiancée à quel point il adorait la nouvelle, on ne pouvait dire qu'il la tenait à bout de bras. On aurait pu les prendre pour des siamois ! Anna, furieuse, marcha sur les pieds de Mike.

— Je suis désolée, grommela-t-elle. Je ne suis pas très adroite, ce soir. Nous ferions mieux de nous asseoir.

Mike parvint à sourire. Le manège de sa femme ne lui avait certainement pas échappé. Il raccompagna immédiatement Anna à leur table.

— Un peu de vin ?

— Non, merci. Je vais me remaquiller.

Pourquoi Thomas se conduisait-il ainsi ? A quoi bon jouer avec le feu ?

Et elle ? Prétendre être sa fiancée, n'était-ce pas jouer aussi avec le feu ? Elle n'allait pas manquer de s'y brûler !

Lorsqu'elle revint à la table, Cindy et Thomas avaient fini de danser. Profitant de ce que ce dernier était encore debout, Anna passa son bras sous le sien et lui adressa son plus beau sourire.

— Je crois que nous devrions partir, murmura-t-elle.

— J'ai été ravi de vous voir, dit-il aux Tate. Mike, il faudra que nous nous rencontrions au sujet de ce séminaire.

— Venez dîner un soir à la maison, minauda Cindy. Vous pourrez en discuter tout à loisir. Bonsoir, Anna.

Thomas grimaça un sourire.

— C'est ça. Allons, Anna, en route !

Dehors, Anna ne cacha pas plus longtemps son étonnement.

— Comment espérez-vous lui faire croire qu'elle ne compte plus pour vous si vous la laissez s'enrouler autour de vous comme un boa constrictor ?

— C'est ce qu'elle faisait ?

Il souriait, caressant doucement sa taille. Anna s'écarta brusquement.

— Vous le savez parfaitement !

— Vous êtes jalouse ? Je ne pensais pas qu'on pouvait jalouser un boa.

— Ce boa est aussi une vipère ! Et je ne suis pas jalouse !

— Vous vous donnez pourtant beaucoup de mal pour en avoir l'air.

— C'est que je suis une excellente actrice.

« Pourquoi te mens-tu ? » s'interrogea-t-elle. Une idée la frappa soudain. Si elle était jalouse de Cindy, pourquoi être fiancée à Rich ?

— Une très bonne comédienne, murmura Thomas en la prenant dans ses bras.

Il l'embrassa longuement.

— Il y a des heures que j'en avais envie. Embrassez-moi, Anna !

Elle s'exécuta sans songer à protester. Se collant à lui comme... un boa constrictor ! Ce fut lui qui s'écarta le premier, le souffle court.

— C'est toujours de la comédie ? chuchota-t-il d'une voix rauque.

« Ne te laisse pas prendre à son charme ! Il n'a qu'une idée en tête : te prouver que tu n'aimes pas Rich. Rien de plus. Il te désire. Et alors ? Toby aussi te désirait. Toi-même... »

— Je vous ai dit que j'étais bonne actrice et je viens de le prouver. C'est tout.

Anna s'étonna elle-même. Elle n'aurait jamais cru pouvoir parler d'une voix aussi tranquille. Pas la moindre trace d'émotion. Thomas parut convaincu. Il leva brusquement la tête et la fixa longuement, le regard dur. Cette lueur, dans ses yeux, était-ce de la peine, de la curiosité ? Ce fut si fugitif qu'Anna n'arriva pas à se décider.

— J'aime mieux que vous conduisiez, déclara-t-il. Je suis mort !

Elle haussa les épaules et prit les clefs qu'il lui tendait.

Le trajet de retour s'effectua dans le silence le plus complet.

Le lendemain, Thomas fut incapable de se lever.

— J'ai une de ces migraines !

— Auriez-vous trop bu ? lui demanda-t-elle en tirant les rideaux.

— Pas réellement. Mais Whitmeyer m'avait recommandé de ne pas toucher à une goutte d'alcool.

— Et vous ne m'avez rien dit !

Elle se retourna, l'observa. Il était livide, ses yeux étaient cernés.

— Je ne pensais pas que quelques verres de vin... Il se passa la main devant le visage.

— J'aurais dû l'écouter, apparemment.

— Désirez-vous quelque chose ?

Il avait si mauvaise mine qu'elle en oublia sa nuit blanche, les longues heures à attendre le sommeil, pendant lesquelles elle l'avait revu danser avec Cindy.

— Une cuvette, murmura-t-il en s'efforçant de sourire.

— Cela va si mal que ça ?

— Je n'ose même pas me lever.

Anna s'assit sur le rebord du lit et lui prit la main. Comme la veille, après le baiser, il la fixa longuement. Anna se sentit rougir. « Je ne l'aime pas ! C'est un être humain qui souffre et qui a besoin de réconfort. »

Thomas tenta en vain de sourire, lui serra fortement la

main et ferma les yeux. « Non, je ne l'aime pas ! C'est impossible, je ne le peux. »

Mais nier l'évidence devenait de plus en plus difficile. Après cette soirée, Thomas ne la quitta pratiquement plus. Il était devenu plus prudent, néanmoins il n'hésitait pas à aller la rejoindre à la bibliothèque de l'université où elle faisait des recherches pour Will. Le soir, il insistait souvent pour qu'ils marchent un peu. En bref, il se conduisait partout comme le parfait fiancé, en public et, malheureusement, en privé. Au grand dam d'Anna qui ne savait plus que penser.

— La semaine est écoulée, lui dit-il un jour à la cafétéria de l'université. Je suis prêt.

Anna leva la tête, stupéfaite.

— Allons ramasser des pointes de flèches.

La matinée avait été épouvantable, Anna avait dû recommencer plusieurs fois ce qu'elle avait entrepris ; elle avait l'esprit ailleurs. Devant ses yeux, où qu'elle regarde, se dressait sans cesse le visage de Thomas, et elle venait de décider de lui annoncer que ces fausses fiançailles avaient assez duré. Pourtant, son sourire la fit fondre.

— Vraiment ? C'est merveilleux ! Vous sentez-vous assez vaillant pour une telle expédition ? Ne risquez-vous pas de rechuter ?

— Je vais très bien. Vous êtes une excellente infirmière. Et puis, pour vous voir sourire ainsi j'irais au bout du monde, même mourant.

Ce n'était pas vrai, bien sûr, mais cela lui fit plaisir quand même. Elle se précipita à la maison pour se changer. Si vite que Thomas eut du mal à la suivre.

Il passa le reste de la journée à l'observer, partagé entre l'incrédulité, la stupéfaction et un certain amusement. Il n'avait pas cru un instant qu'Anna puisse s'intéresser à des recherches de ce genre. Lorsqu'ils arrivèrent sur place, il lui expliqua ce qu'il fallait chercher et où, et attendit qu'elle revienne s'asseoir à ses côtés, au bout du champ. Anna se mit à scruter les sillons, marchant à pas lents, attentive.

— Maintenant que vous m'avez expliqué ce qu'il fallait ramasser, lui avait-elle dit avant de s'éloigner, il est inutile que vous vous agitiez. Reposez-vous en m'attendant.

Quelques heures plus tard, elle déposa sur ses genoux deux morceaux de coquillages, une molaire de porc, un écrou rouillé ayant appartenu à un tracteur, une pointe de flèche cassée et une poignée d'éclats de silex.

— Ce n'est pas mal, grommela-t-il. Pour une débutante, bien entendu.

— Pas mal ? Mais c'est formidable ! Songez qu'au début de l'après-midi je ne savais même pas que ces petits éclats pointus avaient un rapport avec la civilisation indienne. Sans vous, je les aurais pris pour de vulgaires cailloux.

Elle lui sourit et se passa une main terreuse sur le visage.

Thomas éclata de rire.

— Au moins, vous savez vous contenter de peu.

Prenant la main qu'elle lui tendait, il se leva.

— Je vous invite à dîner. Nous allons célébrer vos découvertes.

— Mais je suis sale !

— Là où nous allons, personne ne dira rien.

Comptait-il l'emmener dans une porcherie ? Elle leva les yeux et croisa son regard buté. Pourquoi gâcher une si belle journée par une dispute ? Elle préféra ne pas protester.

Ils roulèrent un kilomètre, et Thomas s'engagea dans un chemin de terre qui, après la traversée d'un bois, aboutissait dans une clairière, au bord d'un ruisseau.

— Ce restaurant se trouve loin des sentiers battus, lui fit-elle remarquer.

— Nous sommes chez Salty, répondit-il en l'aidant à sortir de la voiture.

C'était une vieille ferme, mais bien entretenue. Deux

épagneuls se précipitèrent à leur rencontre ; Salty sortit sous le porche et leur fit de grands signes.

— Nous avons décidé de nous inviter à dîner ! lui lança Thomas. Vous vous souvenez d'Anna ?

— Bien sûr !

Le fait qu'elle soit couverte de terre le fit sourire.

— Quel est le menu ? demanda-t-il à Thomas.

— Je vais voir ce que je peux trouver dans les placards, répondit celui-ci.

Il se tourna vers Anna et lui fit signe de le suivre.

— Venez, vous allez pouvoir vous laver.

Elle obéit, stupéfaite. Salty semblait trouver tout à fait normal que Thomas arrive ainsi sans prévenir. Quant à Thomas, il paraissait considérer cet endroit comme le sien. Il la poussa dans la salle de bains, s'éclipsa et revint quelques minutes plus tard avec un jean et une chemise d'homme propre.

— Essayez ça. Ça doit être un peu grand mais ce sera toujours mieux que ce que vous portez.

— Je n'oserai jamais mettre les vêtements de votre ami.

— Ils sont à moi. Il m'arrive d'habiter ici pendant des mois.

Il sortit avant qu'elle ait le temps d'en dire plus. Haussant les épaules, Anna se déshabilla rapidement, se lava les mains et le visage, se recoiffa. Puis elle enfila les vêtements que Thomas lui avait donnés. Etant suffisamment grande, elle eut à peine à rouler les jambes du pantalon et les manches de la chemise. Evidemment, s'il lui avait fourni une ceinture elle se serait sentie plus à l'aise. Agrippant le jean d'une main pour l'empêcher de glisser, elle se rendit à la cuisine et en demanda une à Thomas.

Debout devant le placard ouvert, les poings sur les hanches, il réfléchissait à ce qu'il allait préparer.

— Je vous trouve mieux sans ceinture. De cette façon, tout peut arriver. Ah, l'aventure !

— Comme c'est drôle ! Pensez-vous que Salty puisse m'en prêter une ?

— Je n'en ai aucune idée.

Il déboucla la sienne et la lui tendit.

— Tenez.

Comme Anna hésitait, il s'avança et la fit glisser dans les passants. Il était si près qu'elle sentit son haleine dans ses cheveux et en eut la chair de poule.

— Laissez-moi faire, murmura-t-elle en tentant de s'éloigner.

Thomas l'enlaça brusquement, et l'embrassa. Anna tenta de le repousser, mais il la serra plus fort contre lui.

— Thomas ! Cessez ! Tenez-vous convenablement.

— C'est ce que je fais. Tous les fiancés s'embrassent, non ?

— Nous ne sommes pas fiancés !

Pourquoi la persécuter et la tenter ainsi ?

— Donnez-moi cette ceinture et laissez-moi tranquille !

Il ne répondit pas. La porte s'ouvrit sur Salty. Son regard se posa un instant sur le visage empourpré d'Anna.

— Je trouve que le dîner tarde un peu, Thomas.

— C'est parce qu'il y a trop de distractions par ici, grommela Thomas avant de s'intéresser de nouveau au contenu du placard.

Salty sourit à Anna qui finissait d'attacher la ceinture.

— Thomas m'a dit que vous vous intéressiez aux pointes de flèches. Voulez-vous voir les miennes ?

— Oh, oui ! accepta Anna, autant par curiosité que pour s'éloigner de Thomas.

Elle ne fut pas déçue. La collection de Salty n'aurait pas déparé un musée. Comme elle lui demandait quelques explications, Thomas les appela pour passer à table.

— Si j'avais su que vous cuisiniez si bien, dit-elle à Thomas au milieu du dîner, je vous aurais laissé préparer tous nos repas.

— J'essaie de vous prouver que je suis capable d'être un bon mari.

— Je croyais qu'une expérience vous avait suffi et que vous ne vous fianceriez plus jamais.

— J'ai le droit de changer d'avis, non ?

Le cœur d'Anna se mit à battre plus vite.

— Et c'est le cas ?

Il haussa les épaules.

— Nous verrons. Commençons par jouer aux fiancés. Si vous faites une bonne promise...

— Oh !

— Ne l'écoutez pas, lui conseilla Salty. Il ne peut pas s'empêcher de dire des âneries.

Il y avait beaucoup d'affection dans sa voix. Thomas lui sourit.

Je suis aussi un brave homme. Mais cela, Anna le sait déjà.

Il posa son regard noir sur Anna qui se sentit rougir. Surtout ne pas répondre... Le terrain devenait glissant, et elle n'aurait pas le dernier mot.

Salty, devinant sa gêne, changea adroitement de sujet. Anna se détendit petit à petit. Au bout d'un moment, elle se sentit bien. La maison du vieil homme était l'un des endroits le plus agréable qu'elle ait jamais fréquenté. Après le repas, elle les écouta disserter à perdre haleine sur des poteries qu'ils avaient trouvées un jour dans une grotte près du ruisseau.

Lorsqu'ils partirent, elle en fut désolée. Le lieu était magique. Pourquoi se découvrait-elle soudain si vulnérable ?

— Thomas vous a amené chez Salty ! s'exclama Jenny, le lendemain, l'air de ne pas y croire.

— Oui. Pourquoi ?

— C'est un endroit où personne n'est jamais invité !

Elle en parlait comme s'il s'agissait de la Maison Blanche.

— Jamais Thomas n'y a amené quelqu'un. Quant à Will, à part Andrea...

— C'est sans doute qu'ils connaissent peu de gens qui soient capables d'apprécier cette demeure, répondit Anna en souriant.

Cindy Tate, en tout cas, ne devait pas être de ceux qui auraient aimé s'y rendre.

Jenny réfléchit un moment.

— C'est peut-être ça.

Le téléphone sonna, et la jeune fille se précipita pour répondre. Elle revint quelques secondes plus tard.

— Devinez qui appelle ?

Facile... Depuis quelques jours, Cindy Tate ne cessait de téléphoner. Le fait d'être mariée et de savoir Thomas « fiancé » ne semblait guère la gêner.

La veille encore, Anna avait tendu une poignée de messages à Thomas.

— Vous m'avez fait croire que vous désiriez être fiancé pour ne pas perdre la face. J'ai plutôt l'impression que c'est pour être protégé.

Il avait rougi et lui avait arraché les feuillets des mains.

— Je vais tirer cela au clair !

Anna haussa les épaules et se tourna vers Jenny.

— Dites-lui qu'il ne sera pas de retour avant neuf heures.

Thomas et Will s'étaient absentés pour la journée.

— C'est fait. Elle désire vous parler.

— A moi ?

Mal à l'aise, Anna prit le combiné des mains de Jenny. Elle s'attendait au pire mais fut surprise par la simplicité du message.

— Dites à Thomas que j'ai les billets. Nous irons tous les quatre voir *Othello* dimanche. Nous passerons vous prendre.

— *Othello ?*

— Shakespeare, Anna ! Il ne vous a rien dit ? Nous en avons discuté mardi au déjeuner.

— Bien sûr, mentit Anna. J'avais complètement oublié. Je lui ferai la commission.

Elle raccrocha avant que Cindy puisse rien ajouter. Assister à une représentation d'*Othello* était une excellente idée. Avec les Tate ce l'était déjà moins. Comment Thomas avait-il pu... ! Enfin, s'il s'était mis d'accord avec Cindy, il devait avoir ses raisons. C'était sans doute ce qu'il appelait tirer les choses au clair. Peut-être, s'ils sortaient tous les quatre, Cindy comprendrait-elle enfin qu'elle avait perdu la partie.

Lorsque Thomas revint, elle s'était habituée à l'idée d'assister au spectacle avec les Tate. Il n'eut pas l'air d'y croire et insista.

— Vous êtes certaine que vous avez envie d'y aller ?

Anna haussa les épaules et répondit par l'affirmative.

Le dimanche, elle se prépara avec soin. Evidemment, côté silhouette, elle ne pouvait se comparer à Cindy, mais ce n'était pas une raison pour ressembler à un épouvantail. Bien que sa garde-robe fût réduite, Anna choisit un ensemble qui la flattait. Une jupe en madras accompagnée d'une blouse paysanne à grand décolleté qui mettait en valeur la rondeur de ses seins. Une paire de boucles d'oreilles dorées, pour faire un peu sophistiquée, des sandales aux talons assez hauts pour regarder Thomas dans les yeux, un coup de peigne... Thomas sembla aimer la voir ainsi. Lorsqu'ils se dirigèrent vers la voiture des Tate, il se pencha à son oreille.

— Vous êtes très sexy !

Le ton était si équivoque qu'Anna le pinça.

— Aie !

Pendant qu'il se frottait le flanc, Cindy s'impatienta.

— Dépêchez-vous ! Nous allons manquer les danses.

Avant la tragédie, un spectacle de danses médiévales devait avoir lieu en plein air. Evidemment, comme l'assistance se tenait debout, Cindy en profita pour se coller à Thomas. Comme il aurait été plus agréable d'assister à la fête sans cette vipère ! Thomas, bien qu'accaparé par Cindy, trouva quand même le moyen de donner de nombreux détails sur les danses à Anna. Curieusement, il ne semblait se rendre compte de rien, ni du manège de Cindy, ni du visage d'Anna qui ne cessait de s'allonger.

Lorsque le public pénétra dans la salle, Anna le retint un instant par la manche.

— J'espère que vous vous placerez près de moi.

— Evidemment.

Malheureusement, Cindy s'installa aussi à ses côtés, et elle ne cessa de lui parler jusqu'à ce que le rideau se lève.

Anna serra les dents, folle de rage, mais lorsque les lumières s'éteignirent, elle oublia tout. Cindy, évidemment, mais même Thomas. Quel spectacle ! Quels acteurs ! Il y avait longtemps qu'elle n'avait assisté à une représentation aussi exceptionnelle.

A l'entracte, elle refusa de les suivre dans le hall, encore tout absorbée par la pièce.

— Nous ne tarderons pas, promit Cindy en passant un bras sous celui de chacun de ses cavaliers.

Si Anna n'avait pas attrapé le hoquet, ce qui lui arrivait souvent lorsqu'elle venait de subir une émotion forte, jamais elle ne serait allée les rejoindre.

Elle trouva Mike près de la caisse, seul.

— Nous avons trop tardé, il n'y a plus rien à boire au bar. Cindy et Thomas sont allés voir s'ils ne trouvaient rien dehors.

Il désigna un immeuble, de l'autre côté de la rue.

— En vous dépêchant, vous devez pouvoir les rattraper.

— Je ferai vite.

Pourquoi Mike les avait-il abandonnés ? Cindy allait se jeter sur Thomas. Non, il n'était pas homme à se laisser faire. Pourtant...

Pourtant, la première chose qu'aperçut Anna, dès qu'elle eût tourné le coin de la rue, ce fut Cindy, les bras passés autour du cou de Thomas. Elle l'embrassait !

— Non ! hurla Anna.

Mais aucun son ne franchit sa gorge serrée. Elle dut s'appuyer à un arbre pour ne pas tomber, et se dissimuler derrière le tronc pour ne pas être vue de Thomas qui regagnait le théâtre d'un pas pressé. Elle le vit remettre un peu d'ordre dans sa chevelure, redresser son nœud de cravate.

Le choc avait été tel que le hoquet d'Anna était passé. Elle décida de retourner au théâtre.

— Vous nous cherchiez ?

Cindy, un sourire sucré aux lèvres...

— A moins que vous ne nous ayez trouvés ?

— Je vous ai trouvés, répondit Anna d'un ton si calme qu'elle s'en étonna elle-même.

— Il faut comprendre, Anna. Nous nous connaissons depuis si longtemps. Nous nous serions même mariés si...

— Inutile de m'expliquer.

— Du moment que vous comprenez et ne voyez pas d'inconvénient à partager...

Anna la fusilla du regard mais elle ne cilla pas.

— Tout le monde rentre, lui fit remarquer Cindy.

— Allons-y, murmura Anna en faisant un effort pour ne pas lui sauter à la gorge.

6

— D'où vient que j'ai l'impression d'avoir été élu le Traître de l'Année ? lui demanda Thomas en arrachant le papier engagé dans la machine à écrire, le regard sombre.

— Je n'en ai pas la moindre idée, répondit-elle d'un ton froid en remettant une feuille vierge dans le tambour.

— Vraiment ?

La feuille alla rejoindre la précédente dans la corbeille à papier. Lorsqu'Anna s'apprêta à en prendre une autre, il l'en empêcha en posant sa main sur la sienne. Elle soupira.

— Vous semblez énervé.

— Et je le suis !

Thomas alla se planter devant la fenêtre pour contempler un instant le paysage.

— Je ne vous comprends pas.

« Il ne me comprend pas ? C'est le comble ! » S'imaginait-il qu'elle le comprenait mieux ? Depuis qu'elle l'avait surpris dans les bras de Cindy, Anna avait fait de louables efforts pour tenter de l'excuser. Mais après l'avoir rencontré trois fois avec la jolie blonde, elle y avait renoncé. Sans compter son parfum qui flottait maintenant en permanence dans la voiture de Thomas, et ses nombreux coups de téléphone. Se débarrasser d'elle ne devait quand même pas être si compliqué !

Non, s'il ne faisait rien dans ce sens, c'est qu'il se

servait de ces fiançailles factices pour dissimuler une liaison avec Cindy.

— Qu'est-ce que vous ne comprenez pas ? lui demanda-t-elle du ton faussement détaché qu'elle utilisait depuis le début de la semaine.

Pourtant, ce n'était pas l'envie de hurler qui lui manquait. Malheureusement, cela n'aurait fait qu'amuser Thomas. Et puis Anna avait peur de dévoiler ainsi ses sentiments.

— Pourquoi vous montrer si froide ?

— Vous inventez !

— Vraiment ? La température chute de dix degrés lorsque nous nous trouvons dans la même pièce. Et encore, cela n'arrive pas souvent. Dès que j'entre, vous sortez.

— Vous avez trop d'imagination.

— Allons donc ! A peine m'apercevez-vous, vous disparaissez. Je m'assieds, vous vous levez. Je dis bonjour, c'est pour m'entendre répondre au revoir. Que se passe-t-il, bon Dieu ?

La réponse était pourtant simple. Anna tentait de sauver le peu de fierté qui lui restait, essayait de disparaître de sa vie sans provoquer un affrontement. Surtout, ne pas se retrouver dans la même situation qu'avec Toby ! Mais ça ne marchait pas. Pas du tout...

Elle avait beau se montrer glaciale, elle bouillait intérieurement, blessée, rageuse. Mais à qui en voulait-elle ? A Thomas ? A elle ?

Anna ferma les yeux pour ne plus voir son visage furieux. Peine perdue. Elle était amoureuse de lui, en dépit de tout. Le cœur était plus fort que l'esprit. Le cœur et le corps. Pourtant, Anna savait qu'il ne pouvait pas plus s'attacher que Toby. Elle l'intéressait, évidemment, mais pas par amour. Par désir. Ce qui ne l'empêchait pas de se compromettre avec Cindy Tate. Or elle l'aimait quand même ! Mais cela, il ne le saurait jamais.

— Je suis fatiguée d'être votre fiancée.

— Pourquoi ?

— Parce que j'ai un fiancé, Rich Howell.

Thomas se frotta les yeux, il lui parut soudain épuisé.

— Ne recommencez pas avec cette histoire. Vous n'aimez pas Rich !

Ecarlate, Anna se leva d'un bond.

— Que savez-vous de celui que j'aime ?

— Et vous ? aboya-t-il en enfonçant les mains dans ses poches.

— Je le sais parfaitement !

Mais quant à le lui avouer...

— Vous avez fait de moi la risée de Belle River, ajouta-t-elle d'un ton amer. Nous sommes supposés être fiancés et vous passez plus de temps avec Cindy qu'avec moi.

Un sourire narquois se dessina sur ses lèvres.

— Ma parole, vous êtes jalouse !

— Jamais de la vie !

— Dans ce cas, pourquoi vous soucier de ceux avec qui je passe le temps ? Puisque vous êtes fatiguée d'être ma fiancée, qu'est-ce que ça peut bien vous faire ?

— Rien !

Cette conversation prenait un tour qu'elle n'appréciait guère.

— Je ne vous crois pas.

Se penchant, il agrippa son bras et la fit pivoter.

— Auriez-vous peur que Cindy reçoive un peu de ce dont vous avez envie ?

— Quelle prétention ! Evidemment non.

Elle essaya de lui faire lâcher prise mais n'y parvint pas. Il était trop fort pour elle.

— Vous mentez !

Son visage n'était qu'à quelques centimètres du sien, son sourire s'était fait dur.

— Cindy Tate a au moins une qualité, gronda-t-il. Elle ne promet pas plus qu'elle peut donner.

— Vous êtes l'homme le plus méprisable que j'aie jamais rencontré ! Comment osez-vous dire des choses pareilles ? Vous étiez prêt à tout pour éviter Cindy. C'est du moins ce que vous disiez. Et maintenant vous ne la quittez plus.

Thomas haussa les épaules.

— J'ai mes raisons.

Anna le frappa de toutes ses forces en pleine poitrine.

— Diablesse ! Vous allez me payer ça !

Anna se réfugia prudemment derrière le bureau de Will.

— C'est inutile. J'ai assez de mauvais souvenirs de vous.

— Je compte bien vous en offrir un autre, murmura-t-il d'une voix menaçante en s'avançant vers elle.

— Non.

— Oh, si !

Anna recula, se prit les pieds dans la corbeille à papier, se rattrapa à un meuble comme elle le put et s'adossa au mur.

— Vous l'avez bien cherché, grommela Thomas en la prenant aux épaules.

— Je n'ai rien cherché du tout !

— Vous m'avez fait trop de promesses...

Sa voix était basse, rauque. Anna s'affola.

— Je n'ai rien promis ! La femme que vous désirez est Cindy. C'est elle qui tient ses promesses.

— Au diable Cindy !

Il prit sa bouche. Au début, Anna tenta de résister, folle de rage. Mais son baiser, de brutal, devint plus doux, plus cajoleur. Ses mains qui serraient si fort se firent caressantes. Elle eut l'impression que Thomas aurait bien voulu en rester là mais qu'il ne le pouvait plus. Elle sentait son cœur battre au rythme du sien.

Comme elle aurait voulu se donner ! Mais pas ainsi, pas si cela ne représentait pour lui qu'une envie passagère, un moment agréable entre deux rendez-vous avec Cindy.

— Arrêtez, Thomas ! Arrêtez !

Il la lâcha brusquement et alla se placer à l'autre bout de la pièce.

— Encore une promesse que vous êtes incapable de tenir !

— Je n'ai rien promis. Rien !

— Vous traitez aussi Rich comme ça ?

— Ne mêlez pas Rich à ceci ! Il vaut dix hommes comme vous !

Elle le vit rougir.

— Je me fiche de savoir qu'il me vaut mille fois ! Vous ne l'aimez pas !

— Allez-vous-en, murmura Anna d'une voix lasse en se laissant tomber sur une chaise, le visage dans les mains. Allez-vous-en.

Elle ne releva la tête que bien après avoir entendu la porte d'entrée claquer et la Datsun s'éloigner.

Comment travailler dans ces conditions ? La corbeille fut bientôt pleine de papier froissé. Vers cinq heures, n'y tenant plus, elle se rendit à la cuisine ; préparer le repas lui changerait les idées. A sa grande surprise, elle y trouva Thomas, occupé à couper des tomates.

— Que faites-vous ici ? lui demanda-t-elle d'une voix glaciale.

S'il imaginait qu'elle se laisserait brutaliser de nouveau, il se trompait lourdement.

Mais Thomas semblait avoir oublié leur dispute. Il leva la tête et sourit.

— C'est évident, non ? Je coupe des tomates.

Anna le regarda avec curiosité.

— Pourquoi ?

Chacun préparait le repas à son tour, et c'était le jour d'Anna.

— J'ai eu soudain très envie de *tacos*. Cela vous ennuie ?

Comme il avait déjà haché la salade et râpé le fromage, il n'était plus question de préparer le dîner qu'elle avait prévu.

— Pas du tout, grommela-t-elle à contrecœur.

— Je ne vous demanderai même pas de prendre mon tour.

Anna lui adressa un regard soupçonneux. En général, Thomas n'était jamais très pressé lorsque son tour venait, bien qu'il ne se débrouillât pas trop mal dans une cuisine. Enfin, puisqu'il était volontaire, elle en profiterait pour aller se promener.

— Je vais prendre l'air.

— Pourquoi ne pas rester ? Nous pourrions bavarder.

Anna secoua la tête. Quel était ce nouveau jeu ? Un moment furieux, l'autre rieur... Comment comprendre un tel homme ?

— Non, merci. Je préfère marcher un peu. Je vous verrai à l'heure du dîner.

— Comme il vous plaira.

Il lui sembla détecter une touche de désappointement dans sa voix.

Quel drôle de garçon ! Pourquoi ne cessait-elle de penser à lui ?

Il faisait doux, l'air était frais, les rues tranquilles, mais une partie de son esprit était restée dans la cuisine, avec Thomas. Quoi qu'elle fasse, où qu'elle aille, Anna savait qu'il en serait ainsi. Le visage de Thomas était gravé dans sa mémoire. Pour toujours ?

— Attention !

Anna fit un bond et se retourna. La personne qui avait lancé cet avertissement n'était autre que Jenny, perchée sur sa bicyclette.

— Belle River est une petite ville, Anna, mais il y a quand même de la circulation. Il vaut mieux ne pas rêver lorsqu'on traverse la rue.

— Je suis désolée.

Jenny sauta de la selle et se mit à marcher à côté d'elle en poussant son vélo.

— Rêviez-vous à Rich ou à Thomas ? demanda-t-elle

en souriant. Peu de femmes ont la chance d'avoir deux fiancés.

Anna fit la grimace.

— Et je les comprends. C'est beaucoup trop. Je crois que je vais en laisser tomber un. Ou peut-être les deux.

Jenny ouvrit de grands yeux.

— Vraiment?

— Je plaisantais, assura Anna un peu trop vite.

Il n'était pas nécessaire que Thomas apprenne de la bouche de Jenny qu'elle envisageait de rompre ses fiançailles avec Rich...

— Oh!

Jenny parut déçue, mais elle ne tarda pas à sourire de plus belle.

— En tout cas, si vous désirez vraiment vous débarrassez de l'un d'eux, choisissez plutôt Rich. Cela ferait tant plaisir à Thomas.

— Thomas n'a aucune envie d'être l'heureux élu, murmura Anna.

— Je n'en suis pas si sûre.

La jeune fille se mordilla le pouce, songeuse.

— Anna, je crois que Thomas vous aime.

— Ne dites pas de bêtises.

— Mais je le pense! Il est furieux en permanence depuis une semaine. Lorsque vous passiez vos journées avec lui, il était toujours d'excellente humeur. Maintenant, il se prend pour le dieu du tonnerre : Zeus lui-même! Il claque les portes, rouspète, crie pour un rien. Avant votre arrivée, il était parfois mal luné, maintenant il l'est toujours.

— Cela ne veut pas dire qu'il soit amoureux de moi.

Cette irritation ne venait-elle pas plutôt du fait que Thomas ne voyait pas Cindy aussi souvent qu'il le désirait? A moins que la savoir mariée...

— J'en suis pourtant persuadée, s'obstina Jenny. Mais s'il l'est, je ne vous envie pas... La vie serait tellement plus facile sans les hommes!

Une autre fois, Anna aurait éclaté de rire devant la sagesse de ce bout de femme de quinze ans. Mais aujourd'hui, elle n'en avait pas le cœur. Elle se contenta d'acquiescer gravement. La vie sans Thomas serait certainement plus calme.

— Vous avez sans doute raison.

Jenny leva soudain la tête, comme frappée par une idée.

— N'est-ce pas votre jour de cuisine ?

Anna rougit, sans trop savoir pourquoi.

— Thomas a décidé de préparer des *tacos*.

— Ah, je le savais bien ! Il vous aime !

— Je ne vois pas le rapport. Je crois qu'il avait surtout envie de manger des tacos.

Se pouvait-il que Jenny ait raison ? Et s'il avait décidé de cuisiner pour la relever d'une corvée supplémentaire après une longue journée de travail ? Mon Dieu ! Pourquoi la mettait-il dans un tel état ? Pourquoi, lorsqu'elle était enfin prête à le haïr, devenait-il si gentil ? Cela l'empêchait de le classer dans la même catégorie que le perfide Toby.

Thomas était toujours aussi calme et souriant lorsqu'ils se mirent à table. Il lui tint sa chaise, ce qui fit pouffer Jenny. Que préparait-il encore ? Et pourquoi Jenny, cette petite sotte, ne cessait-elle pas de sourire bêtement ?

Le repas était excellent, mais Anna n'en profita guère. Elle n'avait qu'une envie ; sortir de table au plus vite. Au café, elle s'offrit pour laver la vaisselle à la place de Jenny, incapable de supporter ses petites rires plus longtemps.

— Mais je peux la faire ! protesta l'adolescente.

— Laisse, j'aiderai Anna, dit Thomas.

Zut ! Pourquoi ce sourire qui la liquéfiait ? Haussant les épaules, Anna se dirigea vers la cuisine, Thomas sur les talons. Jenny qui riait à gorge déployée !

— Je peux parfaitement me débrouiller seule, dit Anna à Thomas qui apportait une pile d'assiettes.

— Cela ne me dérange pas, répondit-il d'un ton moqueur. Ce n'est pas parce que vous avez refusé de me

90

tenir compagnie que je ne dois pas montrer de la charité à votre égard.

De la charité ? C'était donc cela ? Quand cesserait-il de la tourmenter ? Will vint les rejoindre pour boire une nouvelle tasse de café. Anna en profita.

— Si vous voulez que je tape d'autres documents plus tard...

Une bonne excuse pour quitter la cuisine aussitôt la vaisselle lavée.

— Il n'a rien à vous donner, dit Thomas.

Will leva un sourcil, puis il haussa les épaules.

— Non, rien pour l'instant.

Anna lui lança un regard furieux. Si Thomas lui déclarait que les chevaux poussaient sur les arbres, il serait d'accord ! Toutes les compromissions plutôt que de participer à une dispute. Travailler avec lui était un véritable plaisir, mais lorsqu'il s'agissait de s'opposer à Thomas...

— Si jamais vous changez d'avis... insista-t-elle.

— Il n'en changera pas, dit Thomas.

Will, sentant venir l'orage, s'éclipsa.

Anna fit couler l'eau aussi fort qu'elle le put, à grand fracas, s'efforçant à tout prix de l'ignorer. Mais Thomas ne l'entendait pas de cette oreille.

— Inutile de frotter ce plat si fort, vous allez l'user.

Un grand sourire aux lèvres, il caressa un instant sa nuque. Anna fit un pas de côté.

— Du savon, expliqua-t-il. Je ne faisais que l'ôter.

Il reposa un doigt sur son cou, et Anna frissonna.

— On dirait que vous en avez un peu au coin des lèvres, dit-il en essuyant doucement son visage avec un linge, les yeux sombres et pleins de promesses.

Anna se demanda où était passé l'homme en colère de l'après-midi. Lorsqu'il effleura sa bouche, son cœur battit plus vite.

— Thomas !

— Je ne suis pas un ogre, Anna, murmura-t-il d'une voix douce.

Son regard était si tendre qu'elle le crut. Elle se dégagea pourtant.

— Thomas, s'il vous plaît !

— S'il vous plaît, oui ? S'il vous plaît, non ?

— Je ne sais pas...

Son esprit était en émoi. Dans sa tête se mêlaient des images de Toby et de Thomas. Mais ce dernier, d'une certaine façon, était différent de Toby. Toby était une sorte d'irresponsable, même en ce qui concernait son emploi. Thomas, au contraire, était un perfectionniste. Elle soupira.

— A quoi pensez-vous ? lui demanda Thomas en la dévisageant.

— Je me disais que je ne vous comprenais pas, répondit-elle franchement.

— Par moment, j'ai l'impression de ne pas me comprendre moi-même.

A quel Thomas aurait-elle droit, ce matin ? s'interrogea-t-elle au petit déjeuner. Le furieux ? Le doux ? La porte de la cuisine s'ouvrit brusquement, et il entra, vêtu d'un short de toile, la peau bronzée, plus attirant que jamais.

— J'ai besoin d'aide, lui lança-t-il.

— Pardon ?

— Je suis en train de reconstituer une poterie et j'ai besoin d'aide. Comme vous êtes une experte en céramique...

— Je croyais que vous pouviez vous débrouiller.

La plaisanterie ne le fit pas sourire.

— Venez voir.

Anna le suivit sous le porche. Sur le carrelage étaient étalés d'innombrables fragments.

— Mon Dieu !

— Exactement. Je parie que vous n'avez jamais façonné un pot de cette façon.

— Si je savais seulement à quoi il ressemblait avant d'être brisé...

— Vous ne voulez pas m'aider ?

— Je n'ai pas dit ça. Asseyez-vous et donnez-moi quelques éclaircissements.

Ensemble, ils se mirent au travail. Au début, ce fut difficile, Anna ne cessait d'observer les mains de Thomas, de les imaginer sur son corps. Mais au bout d'un moment, elle parvint à se concentrer plus facilement. Reconstituer ce pot était un défi auquel elle voulait répondre.

— N'en avez-vous pas assez ? demanda soudain Thomas.

— Non. Pourquoi ? Vous voulez vous arrêter ?

Il secoua la tête.

— Mais vous le pouvez, si vous le désirez.

— Cela m'amuse beaucoup.

— Vraiment ?

Il parut incrédule, comme le jour où ils étaient allés ramasser des pointes de flèches. Un morceau à la main, il essaya de le faire coïncider avec le col du vase.

— Cindy déteste ça, murmura-t-il, la tête penchée.

Anna ne bougea pas, ne répondit rien. Elle en aurait bien été incapable. Cindy. Toujours Cindy. Comme il avait dû l'aimer ! Et il l'aimait encore !

— La Californie vous manque-t-elle ?

Elle fut heureuse qu'il change de sujet.

— Non. Pourquoi ?

— Je me demandais. Cet endroit vous plaît ?

— Beaucoup.

Thomas hocha la tête.

— A moi aussi. Mais j'aime également les expéditions.

— Je vous comprends. Si vous saviez comme je vous envie !

— Pourtant, la plupart des femmes détestent ça.

Encore Cindy. « Mon Dieu, si je pouvais le haïr, ne plus supporter sa vue. » Elle se redressa brusquement.

— C'est trop difficile, mentit-elle. Continuez sans moi. Je vais me remettre à ma frappe.

Elle se dirigea vers la porte.

— Je vous apporte un peu de limonade.

Le visage de Thomas s'assombrit. Lorsqu'elle revint, il prit le pichet sans la regarder et grommela un vague remerciement.

— Bonne chance ! lui lança-t-elle en repartant.

Impossible de faire son travail correct ! Cet homme insupportable ne cessait de hanter son esprit. Et l'éviter n'arrangeait rien. Pourquoi ne pas prendre une douche ? Cela la rafraîchirait. Bonne idée ! Ensuite, elle travaillerait mieux.

Anna courut à sa chambre, saisit quelques vêtements et se rendit à la salle de bains dont elle ouvrit la porte à la volée.

— Soyez la bienvenue !

Thomas, en train de se raser !

— Je... Excusez-moi, je suis désolée.

Mon Dieu, quelle situation embarrassante !

— Pas moi. Je trouve que c'est une très bonne idée.

— Laquelle ?

— Mais se doucher ensemble, bien sûr.

— Certainement pas. Je reviendrai plus tard.

— Non.

Il ferma la porte et l'attira à lui. Il y avait du désir dans son regard.

— Non ?

« Idiote ! Proteste plus vigoureusement... »

— Non.

Il prit ses mains et les posa sur son torse, sur sa peau tannée, là où battait son cœur. Machinalement, Anna la caressa.

— Vous me rendez fou, murmura-t-il.

Croyait-il qu'elle ne l'était pas ? Elle tenta de retirer ses mains mais il l'en empêcha.

— Que ressentez-vous, Anna ?

— Je ne sais pas. La plupart du temps, vous m'irritez.

— C'est faux. Avec moi, vous vous sentez vivre.

Il passa brusquement les mains sous son corsage et dégrafa son soutien-gorge, puis il prit ses seins dans ses paumes.

— Ne faites pas cela.

— Pourquoi ?

— Je ne le veux pas.

Comme elle mentait mal ! Elle le désirait. Mais pas maintenant, pas après ce qu'il lui avait dit plus tôt, pas après Cindy.

Thomas effleura son cou de ses lèvres, mordilla le lobe de son oreille.

— Vous en mourez d'envie. Tout comme moi.

— Je... Non !

Jamais Anna n'avait été aussi près de céder. Les sensations qui la parcouraient n'avaient rien de comparable avec celles qu'avaient pu faire naître Toby et, à plus forte raison, Rich.

Mon Dieu, Rich ! Elle tenta de repousser Thomas.

— Qu'est-ce qui... ?

— Je ne peux pas ! Il y a Rich !

En se conduisant de la sorte, elle ne se montrait pas plus fidèle que Cindy ne l'était vis-à-vis de Mike. Pauvre Rich !

— Oubliez-le ! ordonna-t-il d'une voix dure.

Dans ses yeux, le désir avait fait place à la fureur.

— C'est impossible, balbutia-t-elle en évitant son regard.

— Allez au diable ! Quand deviendrez-vous enfin adulte ?

Il prit son menton et la força à le regarder.

— Quand assumerez-vous ce que vous ressentez ? Non, vous en êtes incapable ! Vous avez bien trop peur.

La repoussant, il ouvrit la porte d'un geste brutal.

— C'est bien ça, n'est-ce pas, Anna ? Vous avez peur ?

Sa voix était froide, implacable. Il n'attendit pas qu'elle réponde et sortit en claquant le battant derrière lui.

« Peur ? Evidemment j'ai peur. Peur à mourir ! »

A l'idée de lui ouvrir son cœur, sa vie, Anna était pétrifiée de terreur. Jamais elle ne pourrait se laisser aller avec Thomas, pas maintenant qu'elle savait ce qu'il ressentait pour Cindy Tate. Les mains tremblantes, elle se déshabilla et se glissa sous la douche. L'eau glacée lui coupa le souffle mais ne parvint pas à calmer ses alarmes. « Quand deviendrez-vous enfin adulte ? » avait-il dit. Elle soupira. Il avait raison. Il était temps qu'elle trouve le courage de regarder en face ses désirs, ses besoins. Temps de cesser de se cacher derrière des fiançailles avec Rich qui ne voulaient plus rien dire. Temps de les rompre. C'était aussi simple que ça.

Anna sourit tristement en secouant la tête. Non, ce n'était pas aussi simple. Une fois ses fiançailles rompues, les problèmes demeureraient.

Elle se sécha rapidement et s'habilla à la hâte. Il y avait encore Cindy Tate. Ne plus être fiancée à Rich ne voulait pas dire que Thomas l'aimait. Et quand bien même ? Pouvait-elle lui faire confiance ?

La réponse vint plus tôt que prévu. De retour dans sa chambre, Anna entendit une portière claquer. Elle s'approcha de la fenêtre. Thomas montait dans la voiture des Tate !

Le cœur serré, elle laissa retomber le rideau.

7

Anna passa le reste de la journée à recopier les notes de Will. Une manière comme une autre de ne pas trop penser à Thomas. Mais au dîner, devant sa chaise vide...

— Où est Thomas ? demanda Will.

Dans les bras de Cindy, plus que probablement... Anna préféra ne pas répondre.

— Il a téléphoné il y a une demi-heure, déclara Jenny. Il doit assister à une réunion et mangera un sandwich au retour.

Une réunion !

Anna eut envie de se lever et de s'enfuir. Pourtant, elle ne bougea pas, continua à mastiquer machinalement.

— Je vous trouve bien calme, remarqua Will. Vous ne vous sentez pas bien ?

— Un peu de migraine. J'irai m'allonger après le repas.

— C'est ça. Je m'occuperai de la vaisselle.

— Will doit être également amoureux de vous ! s'écria Jenny. Personne ne propose jamais de laver la vaisselle à ma place.

— Egalement ?

Will regarda sa sœur, soudain intéressé.

Anna repoussa sa chaise et se leva.

— Jenny a trop d'imagination, murmura-t-elle en adressant un regard plein de rancune à l'adolescente. J'espère que ça lui passera avec l'âge.

Il aura fallu tout ce temps.   4.

Elle porta son assiette à l'évier.

— Merci, Will. J'apprécie votre offre.

Elle ne se coucha pas immédiatement mais s'assit à sa table et essaya d'écrire à Rich. Elle n'avait pas le courage de lui téléphoner pour lui annoncer que tout était fini. Que lui dire, en effet ? « Allô, je suis désolée mais je viens de m'apercevoir que nous n'étions pas faits l'un pour l'autre. Je vous renvoie votre bague. Adieu. » Grotesque.

Non, il fallait écrire, lui raconter, tenter de lui expliquer. Evidemment, il aurait été plus élégant de tout lui dire en face, mais elle ne pouvait attendre jusqu'à Noël. Mordillant son stylo, Anna recommença sa lettre pour la dixième fois.

— Zut !

Elle posa la plume et se laissa tomber sur le lit, le regard fixé au plafond. « Mon cher Rich » ? Non, trop affectueux. « Rich », Trop sec. Zut, zut et zut !

La porte s'entrouvrit et Jenny passa la tête.

— On vous demande au téléphone.

— Qui ?

— Rich.

— J'arrive !

La porte de la chambre de Thomas s'ouvrit, et il sortit dans le corridor, l'observant avec curiosité. Anna passa devant lui sans le regarder. Rich devait appeler le mardi suivant, qu'avait-il bien pu lui arriver ?

— Allô.

— Bonne nouvelle, lui dit-il aussitôt.

— Pardon ?

— Je serai à Chicago jeudi. Pouvez-vous m'y rencontrer ?

— Oh, je... Oui... Oui, bien sûr ! Je prendrai le car.

— Pourquoi pas l'avion ?

— C'est trop cher.

— Je paierai.

— Non, j'aime mieux le car.

On ne se faisait pas offrir un billet d'avion par un

monsieur qu'on allait quitter. Bien que ce refus lui déplaise, Rich n'insista pas.

— Je vous attendrai au terminus.

— Non, j'irai vous rejoindre à votre hôtel. Où êtes-vous descendu ?

— Le *Palmer House*.

— J'y serai.

— Splendide !

Entendre sa voix la réconforta. Elle eut envie de lui parler encore, d'autant qu'elle apercevait Thomas, penché sur la rampe, ne perdant pas un mot de ce qui se disait. Malheureusement, Rich semblait pressé.

— A jeudi, murmura Anna avant de raccrocher.

Inutile d'écrire, maintenant.

— Où allez-vous avec lui ? demanda Thomas lorsqu'elle ouvrit la porte de sa chambre.

— Cela ne vous regarde pas !

— Ici, tout le monde pense que nous sommes fiancés.

— A qui la faute ? Rich, lui, est mon véritable fiancé ! Et je vais la rejoindre jeudi à Chicago.

— Je vous y conduirai.

— Certainement pas !

— Nous n'aurons qu'à dire aux gens que nous nous absentons pour la journée.

— Non. J'irai seule.

Il hocha la tête d'un petit air supérieur qui la mit hors d'elle.

— Laissez-moi tranquille, Thomas. Je ne peux plus vous supporter !

Comme elle faisait mine d'aller se réfugier dans sa chambre, il agrippa son bras.

— Ce n'est pas l'impression que j'ai eue, il y a encore peu de temps.

— Lâchez-moi !

Il n'en fit rien d'abord, puis, à sa grande surprise, il la laissa aller.

— Rejoignez-le, si cela vous chante. Mais ne vous imaginez pas que vous irez sans moi !

Etait-ce une menace ou une promesse ? Que devenait Cindy Tate dans tout cela ? Anna n'eut pas le loisir de le lui demander, il la quitta brusquement et alla s'enfermer dans sa chambre.

— Etes-vous toujours certaine qu'il ne vous aime pas ?

C'était Jenny, au bout du couloir, qui n'avait pas perdu un mot de ce qui s'était dit.

— Ne me faites pas rire ! grommela Anna.

Pourquoi n'arrivait-elle pas à aimer Rich ? Ce serait si pratique. Un homme calme... Tout ce dont elle avait besoin.

Le jeudi, Anna se réveilla très tendue. Etait-ce à cause de ce qu'elle avait à dire à Rich ou parce qu'elle redoutait d'affronter Thomas ? Elle se refusa à répondre à cette question. Elle s'habilla avec soin, se maquilla légèrement et coiffa ses cheveux en un chignon souple. Elle avait demandé à Will de la conduire à l'arrêt du car, la veille au dîner, et elle fut dans le hall à six heures juste. Il y avait de la lumière dans la cuisine où elle se rendit. Pour y trouver Thomas devant une tasse de café.

— Où est Will ?

— Il dort. Martha Fernandez m'a téléphoné hier soir. C'est un ancien membre de mon expédition. Je dois la voir au *Field Museum* aujourd'hui. Puisque je descends à Chicago de toute façon, je vous y conduis.

Il avait parlé d'un ton assuré et détaché à la fois, comme si l'affaire était entendue.

— Ce n'est pas nécessaire, répliqua Anna d'un ton sec. Aller jusqu'à l'arrêt du car avec vous me sera déjà assez pénible.

— Bon Dieu ! Vous êtes la femme la plus exaspérante que j'aie jamais rencontrée ! Je ne vais pas faire ce trajet seul et vous laisser voyager en car, quand même !

— Je ne désire pas y aller avec vous.

— De quoi avez-vous peur ? lui demanda-t-il d'un ton moqueur. De moi ? De vous ?

— Je n'ai peur de personne. Je n'ai simplement pas envie de voyager avec vous.

— Prouvez-moi que vous n'êtes pas effrayée. Venez avec moi.

Thomas la fixa un long moment, jusqu'à ce qu'elle rougisse, puis il se leva d'un air décidé.

— Nous partons dans dix minutes.

« Je devrais prendre le bus, ne serait-ce que pour lui donner une leçon », songea Anna. Mais comment se rendre à l'arrêt ? Elle ne pouvait tout de même pas réveiller Will. Quant à lui expliquer qu'elle désirait toujours voyager en autocar alors que Thomas allait au même endroit...

Anna avait imaginé que le trajet serait difficile, et elle ne s'était pas trompée. Mais cela ne se passa pas comme elle avait prévu. Pas de dispute, pas de moqueries. Thomas se montra charmant, ce qui était bien pire, et elle se sentit obligée de se mettre à l'unisson. Ils évitèrent tout sujet brûlant. Cindy Tate, leurs « fiançailles », son voyage à Chicago, pour n'aborder que des choses sans conséquences : le temps, le base-ball, l'enseignement, le paysage... Ils arrivèrent ainsi dans les faubourgs de Chicago sans s'être déchirés à belles dents, comme elle le craignait.

— Où dois-je vous déposer ? demanda Thomas.

— A *Palmer House.*

Elle le vit serrer la mâchoire, mais il ne fit pas de commentaire et se contenta de hocher la tête. Devant tant de bonne volonté, Anna lui suggéra de la déposer à proximité de l'hôtel et de poursuivre sa route.

— Non. Je désire le rencontrer. J'aime bien connaître mes adversaires.

— Ce n'est pas un adversaire, c'est mon fiancé.

Il fit la grimace mais ne répondit pas. Après avoir garé la voiture au parking de l'hôtel, il lui empoigna le bras.

— Venez.

— Inutile d'être brutal, protesta-t-elle en essayant de se dégager.

Elle n'y parvint évidemment pas.

Palmer House lui rappela l'appartement de Rich. Or et marbre, élégant et cher, mais impersonnel. Comme ils s'approchaient de la réception pour demander le numéro de sa chambre, Anna s'entendit appelée.

— Anna ?

Elle se retourna et aperçut Rich qui s'avançait vers elle en souriant.

— C'est si bon de vous voir !

Ils s'embrassèrent, mais elle ne ressentit rien.

Rich s'écarta et la contempla un instant en riant, puis il sembla enfin remarquer Thomas. Il ne pouvait guère en être autrement, il tenait toujours le bras de la jeune femme.

— Qui est...

— Voici Thomas Davies, le cousin des Fielding.

Elle aurait souhaité qu'il paraisse vieux et malade, comme Rich devait l'imaginer, plutôt que viril et attirant.

— Je vois, murmura Rich.

Mais il se reprit aussitôt et lui tendit la main en souriant.

— Ravi de faire votre connaissance.

Thomas grommela une vague formule de politesse, et les deux hommes s'observèrent un instant.

— Thomas avait un rendez-vous en ville et j'ai pensé qu'il serait stupide de prendre le car puisqu'il venait de toute façon.

— Merci beaucoup d'avoir accompagné Anna, monsieur Davies. Maintenant, si vous voulez bien nous excuser...

— Où nous retrouverons-nous ? demanda Thomas à Anna sans se préoccuper de Rich.

— Je...

— Je la ramènerai à Belle River, monsieur Davies.

— Rich, il y a quatre heures de route !

— Je louerai une voiture.

— Ce n'est pas la peine, déclara Thomas d'un ton poli mais ferme, je la raccompagnerai.

« Ils parlent de moi comme s'il s'agissait d'un paquet », se dit Anna en grinçant des dents. Rich hésita.

— Quatre heures de trajet ? répéta-t-il.

— Plus ou moins, répondit Anna.

— Plus, ajouta Thomas.

— Cela ne fait rien, je trouverai le temps.

— Pourquoi ne pas nous retrouver vers cinq heures devant une bière ? proposa Thomas. Chez *Berghoff,* par exemple. Nous verrons alors ce que vous avez décidé.

— D'accord, répondit Rich.

Il salua Thomas de la tête, prit le bras d'Anna et se dirigea vers les ascenseurs. Elle regarda par-dessus son épaule, mais Thomas avait déjà disparu. Il était sans doute pressé de retrouver cette Marta Fernandez. Une femme dans chaque ville, comme Toby !

— J'ai un important rendez-vous à onze heures trente, dit Rich. Pourquoi n'iriez-vous pas faire quelques courses ? Nous pourrions nous retrouver quelque part et déjeuner ensuite au *Ritz.*

Déjeuner au *Ritz* ! Le monde de Rich. Malheureusement, elle s'y sentait maintenant totalement étrangère.

— Votre Pr Davies m'a beaucoup surpris, ajouta-t-il.

Anna s'attendait un peu à cette réaction, mais elle aurait préféré en parler plus tard.

— Ce n'est pas « mon » Pr Davies, protesta-t-elle. Il se repose chez les Fielding en attendant sa guérison. Ensuite, il retournera au Guatemala.

— Il paraît en très bonne santé.

— Maintenant oui. Mais vous auriez dû le voir il y a deux mois.

— Il est avec vous depuis si longtemps !

— Il a passé un long séjour à l'hôpital.

— En tout cas, il semble bien remis.

— Est-il vraiment nécessaire de parler de lui ? Nous ne nous sommes pas vus depuis juin et...

— Bien sûr !

Et il se mit à lui parler de Teri.

— Elle ne cesse de répéter que j'ai besoin de quelqu'un pour veiller sur moi. Elle n'arrête pas de me dire que votre départ était une folie, que vous avez eu tort de me laisser seul. Ce sont ses propres mots.

— Je suis persuadée qu'elle s'occupe très bien de vous.

Curieusement, la pensée que Teri puisse prendre sa place ne l'irritait pas.

— Très bien. Ses *scallopini* sont fameuses.

Il ferma les yeux, comme si d'heureux souvenirs lui revenaient à la mémoire.

— Elle a même réussi à enlever une tache de cambouis de mon pantalon blanc !

La fée du logis !

— Vraiment ? Comme elle est intelligente !

Rich sourit, ravi.

— Nous sommes arrivés, dit-il soudain au chauffeur de taxi.

Ils se trouvaient devant un immense centre commercial de sept étages. Ils y pénétrèrent, et Anna lui désigna un salon de thé.

— Retrouvons-nous là. De cette façon, le premier arrivé ne mourra pas de soif.

— Parfait. Une heure ?

Se penchant, il l'embrassa sur les lèvres. Un instant, Anna vit un autre visage. Elle battit plusieurs fois des paupières, et le regard sombre de Thomas fut remplacé par les yeux bleus souriants de Rich.

— A une heure, répéta-t-il d'une voix douce avant de s'éclipser.

Rich ne se trouvait pas au salon de thé lorsqu'Anna y arriva, chargée d'une foule de petits paquets. Elle attendit qu'une table se libère et s'y installa. Comment annoncer la nouvelle à Rich ? se demanda-t-elle en dégustant une tasse de café. L'endroit lui plaisait. L'argenterie, la jolie porcelaine. Qu'en penseraient les archéologues, dans quelques centaines d'années, lorsqu'ils chercheraient à savoir ce qu'était le vingtième siècle ? Elle aurait aimé aborder ce sujet avec Thomas.

— Vous attendez depuis longtemps ?

Rich s'installa devant elle et sourit.

— Un café, s'il vous plaît.

Il fut servi aussitôt. C'était toujours comme ça avec lui. Les serveurs, les portiers et les taxis arrivaient dès qu'il apparaissait. Sa vie était réglée comme du papier à musique, sans surprises, ce qui effrayait un peu Anna.

— Votre réunion s'est bien passée ?

— Oui. Mais j'ai peur d'avoir à demander à Davies de vous raccompagner. Je suis obligé d'assister à une réception, ce soir. Cela ne vous déçoit pas trop ?

— Non, cela ira.

— Il ne vous ennuiera pas ?

— Que voulez-vous dire ?

— Eh bien, il se conduit comme si vous lui apparteniez.

— Ce n'est pas le cas.

— Je sais. N'oubliez pas de le lui rappeler à l'occasion.

C'était le moment rêvé de tout lui dire, mais un drame sur un estomac vide ne convenait guère.

— J'ai aperçu un charmant restaurant mexicain dans l'immeuble. Si nous y allions ? Il a l'air très bon.

— Et s'il ne l'est pas ? Le *Ritz* est plus sûr.

— Je sais. Mais je me sens soudain une âme d'aventurière.

Rich ouvrit la bouche pour protester, puis il se ravisa. Après deux mois de séparation, Anna avait le droit de choisir son restaurant, se dit-il.

— D'accord, soupira-t-il. Montrez-moi le chemin. Cependant, si je suis malade, ce sera de votre faute.

Teri se ferait un plaisir de le soigner !

Evidemment, une serveuse se précipita et leur trouva aussitôt une table. Rich commanda de la sangria qu'ils burent en attendant le repas. Cette boisson était un peu lourde, et Anna se demanda si elle avait raison d'en prendre. Pour ce qu'elle avait à dire, il lui fallait toute sa tête. Elle observa Rich. Il était beau, consciencieux et terriblement attirant. Pourtant, Anna n'éprouvait aucun désir, ne s'enflammait pas à sa vue.

— Il faudra lui demander la recette.

— Pardon ?

Elle n'avait pas écouté un traître mot de ce qu'il racontait.

— Je disais que Teri cuisine un très bon goulash et qu'il faudra que vous lui demandiez la recette.

— Je n'y manquerai pas.

Anna se mit à grignoter une tortilla. En ce qui concernait la cuisine, elle n'arriverait jamais à la cheville de Teri, dût-elle essayer cent ans. Quant à retirer une tache de cambouis sur un pantalon blanc ou à faire du charme à la femme du patron...

— Teri est une fille formidable.

Enfin l'ouverture tant attendue !

— Elle ferait une épouse parfaite.

— C'est vrai, répondit Rich d'un ton pensif, comme s'il y songeait pour la première fois. Voulez-vous que je lui trouve un mari ? ajouta-t-il en riant.

— Eh bien...

Elle regarda le mur d'en face, n'osant croiser son regard.

— Quelqu'un comme vous, peut-être.

— Comme moi ?

— Oui. Vous ne trouvez pas ?

Rich la regarda un moment en silence.

— Seriez-vous en train d'essayer de me dire que vous désirez me rendre ma bague ?

— Je... Si... Si vous voulez.

Elle baissa le nez et se mit à jouer avec sa serviette.

— A cause de Thomas Davies ?

— Non !

Etait-ce donc si évident ?

— Mais lui le souhaite.

Il reposa son verre sur la table, un peu trop fort.

— Qu'est-ce qui peut vous faire dire une chose pareille ?

— La façon dont il vous surveille. Un véritable chien de garde.

— C'est sa manière de se conduire. Il est naturellement arrogant et susceptible.

Avant même de s'en rendre compte, elle se mit à lui raconter ce qui s'était passé ces deux derniers mois. Confidences entre vieux amis. Elle se sentait de nouveau bien avec lui, comme avant leurs fiançailles.

— Vous comprenez, n'est-ce pas ? dit-elle en terminant son histoire.

Il lui sourit, un peu triste.

— Oui, Anna. Je crois que vous avez raison, Teri serait une très bonne épouse.

— Allez-vous la demander en mariage ?

Rich éclata de rire.

— Anna ! Je ne saute pas des bras d'une fiancée à ceux d'une autre. Vous me connaissez, pourtant.

— Mais j'ai un peu raison, non ?

— Si vous le dites...

— Voyons, Rich, soyez franc. Je ne cesserais de vous embarrasser.

— Et Davies ? Vous ne l'embarrasserez pas ?

— Rien ne le gêne. D'ailleurs, si c'était le cas, il n'aurait que ce qu'il mérite. Quand je pense à la façon dont il s'est servi de moi ! De toute façon, c'est le genre « aimons-nous-quittons-nous ». D'après Will, il n'aime que sa liberté. Pas d'attaches.

— Ce n'est pas comme moi.

Anna secoua la tête, confuse.

— Pas du tout. Et c'est d'autant plus dommage.

— Nous allons le mettre au pas ! déclara-t-il d'un ton décidé.

Anna n'en crut pas ses oreilles.

— Comment ?

Rich haussa les épaules.

— C'est simple. Ne lui dites pas que nous avons rompu.

Anna écarquilla les yeux.

— Vous voulez dire…

— C'est l'avocat qui parle, et l'ami. Il faut le surprendre. Je suis persuadé qu'il s'attend plus ou moins à ce que nous nous séparions. Dans son idée, il lui suffira ensuite de ramasser les morceaux et de faire de vous ce qu'il désire, tout en continuant à voir cette Cindy dont vous m'avez parlé. Cet homme n'est pas idiot. Il a dû se rendre compte que nous n'étions pas faits l'un pour l'autre, surtout s'il vous observe depuis deux mois.

— Mais…

— Si nous nous entendions parfaitement, vous seriez-vous exilée à Belle River ?

— Eh bien… Je…

Elle n'osa le regarder en face.

— Vous voyez ! Vous n'étiez pas à votre aise avec moi, et je dois reconnaître que cela m'arrivait aussi. C'était une bonne idée, Anna, n'allez pas imaginer que je… Je vous aimais. Je crois que je vous aime encore, d'une certaine façon. Mais vous avez eu raison de partir. Cela m'a permis de voir que je ne vous aimais pas assez pour…

Il lui sourit, comme pour s'excuser.

— Nous avons essayé. Sérieusement. Et je crois que nous sommes assez intelligents pour nous rendre compte que ce n'était pas assez. Je me trompe ?

Anna eut envie de lui sauter au cou. Il venait de résumer tout ce qu'elle voulait lui dire, tout ce qu'elle se répétait depuis des semaines.

— Je crois que je vous comprends, Rich. Oui, nous

sommes assez intelligents. Savez-vous que moi aussi je vous aime, à ma façon ?

Il éclata de rire.

— C'est la première fois qu'on me rend ma bague de fiançailles en me disant qu'on m'aime ! Gardez-la. Cela vous fera un souvenir. Servez-vous-en pour maintenir Davies dans le droit chemin.

— Vous n'êtes pas sérieux !

— Oh si ! Je regretterai longtemps de ne pas vous avoir épousée. Mais je me consolerai en pensant que je vous ai aidée à trouver le bonheur.

— Avec Thomas ? Je n'y crois guère. C'est le style « Brève Rencontre ».

— Offrez-la-lui.

Il lui adressa un clin d'œil coquin.

— Finissez votre verre, et allons le retrouver chez *Berghoff*.

Ils descendirent Michigan Avenue à pas lents, comme les deux vieux amis qu'ils étaient redevenus.

— Je n'arrive pas à croire que nous soyons restés si proches, s'émerveilla Anna.

— Pourquoi pas ? Ne venons-nous pas de décider que nous étions très intelligents ?

Thomas les attendait déjà. Anna le vit la première, et son cœur se mit à battre. Elle l'aimait. Même Rich s'en était aperçu. Mais il y avait Cindy, et le refus de Thomas de s'engager. Rich lui passa le bras autour de la taille et effleura son oreille de sa bouche.

— Embrassez-moi.

Se tournant, elle vit une lueur amusée dans ses yeux.

— Je ne vous connaissais pas un esprit aussi tortueux, murmura-t-elle avant de s'exécuter.

Thomas les vit, bien sûr, et son regard s'assombrit.

— Vous nous attendez depuis longtemps ? lui demanda-t-elle en lui dédiant son plus charmant sourire.

— Non, grommela-t-il.

— Je crois que vous allez devoir raccompagner Anna,

mon vieux, déclara Rich d'un ton de regret parfaitement imité. J'ai ce soir une réception à laquelle je ne peux assister.

Thomas haussa les épaules.

— Comme vous voudrez.

— Nous avons passé une journée merveilleuse, n'est-ce pas, chérie ?

— Merveilleuse !

Thomas devint livide et se leva. Un instant, Anna eut pitié de lui, puis elle se souvint de la voiture de Cindy venant le chercher devant la maison, et elle cessa de le plaindre.

— Si vous êtes prête, partons. J'aimerais quitter la ville avant que la nuit tombe.

— Ne pourrions-nous dîner tous ensemble ? proposa Rich.

— Non. Je veux m'en aller maintenant.

Il ne quittait pas Anna des yeux, suivant le moindre de ses mouvements.

— D'accord, dit-elle enfin en soupirant.

Elle ramassa son sac et ses paquets, posa la main sur le bras de Rich et se tourna vers Thomas.

— Pouvez-nous nous laisser une minute ? Nous aimerions nous dire au revoir.

Il serra si fort les dents qu'elle les entendit grincer. Puis il inclina légèrement la tête et quitta le bar.

— Je n'aimerais pas être à sa place, murmura Rich, pensif.

— Pourquoi ?

— Je m'étais toujours imaginé qu'il ne fallait pas vous pousser à bout, que vos réactions seraient imprévisibles. Maintenant je sais.

— Rich, vous êtes un ange !

— M'inviterez-vous au mariage ?

— Je ne crois pas qu'il y en aura.

— Je suis prêt à parier le contraire.

— Ce n'est qu'un jeu pour lui. Il pense seulement à prendre un peu de bon temps.

— Ce n'est pas ce qui lui arrive en ce moment.

— Merci pour tout, Rich…

Anna l'embrassa légèrement sur les lèvres et fut surprise lorsqu'il l'enlaça et répondit à son baiser avec passion.

— C'est pour lui donner à réfléchir, dit-il en la lâchant. Il nous observe.

— Oh ! Vous…

— Chut !

Dehors, Rich, sans cesser de tenir Anna par le bras, tendit la main à Thomas.

— J'ai été ravi de faire votre connaissance, mon vieux. Occupez-vous bien d'Anna.

Dès que Rich fut hors de vue, Thomas poussa **Anna** contre une vitrine.

— Comment pouvez-vous vous conduire de façon aussi stupide ?

— Pardon ?

— Comment pouvez-vous être encore fiancée à ce type ? Comment pouvez-vous avoir l'intention de l'épouser ?

Il criait presque, et Anna regarda autour d'eux. Pas un passant ne tourna la tête. C'était ça, les grandes villes. A Belle River, toute la population se serait mise aux fenêtres.

— En quoi cela vous regarde-t-il ? Seriez-vous devenu soudain un autorité ès-mariage ?

— Inutile ! J'ai des yeux pour voir !

— Et une bouche qui crie trop ! De quel droit vous mêlez-vous de ma vie privée ? Pour qui vous prenez-vous ?

— Moi, au moins, je vous apprécie telle que vous êtes. Je n'ai pas l'intention de vous transformer en femme de cadre modèle !

— Vous n'avez qu'une idée, vous servir de moi !

— C'est faux !

— C'est vrai ! Oh, et puis, laissez-moi tranquille !

Se dégageant brusquement, elle essaya de s'enfuir. Il n'était plus question de rentrer avec lui. Plutôt le car !

Thomas la rattrapa en deux anjambées, prit son bras et l'entraîna vers le parking. Une fois là, il jeta ses paquets dans le coffre et la poussa dans la voiture, comme un autre paquet.

— Vous commettez une énorme erreur, lui dit-il d'un ton froid en s'installant au volant.

— Qu'est-ce que ça peut bien vous faire ?

Il hésita un long moment avant de répondre.

— Justement, quelque chose, murmura-t-il.

Il la prit alors dans ses bras et l'embrassa avec une fougue inouïe, la collant à la portière, un baiser plein de fureur et de désir qui lui fit perdre la tête. Sans même s'en rendre compte, elle jeta ses bras autour de son cou et caressa sa nuque.

Ce fut évidemment le moment que choisit Thomas pour la repousser rudement.

— Allez au diable ! Au diable !

Ils ne s'adressèrent plus la parole de tout le trajet.

112

8

— Vous avez entendu ? demanda Thomas d'une voix impatiente. Je repars au Guatemala.

C'était bien ce qu'Anna avait cru comprendre, mais elle n'arrivait pas à y croire. Elle venait de descendre, espérant que son humeur avait changé, qu'elle pourrait essayer de le convaincre qu'il n'éprouvait pas que du désir pour elle. Et, selon sa réaction, elle lui dirait qu'elle n'était plus fiancée à Rich. Mais elle n'avait pas même eu le temps d'ouvrir la bouche.

— Je m'en vais, je pars pour le Guatemala, avait-il aussitôt déclaré.

Devant son regard stupéfait, il s'était même donné la peine de répéter.

— Pourquoi ?

Elle se laissa tomber sur une chaise et le fixa. Il souriait d'un air démoniaque, comme lors de leur première rencontre.

— Parce que je perds mon temps ici. De plus, il y a eu des vols sur le site. Si j'attends plus longtemps, il ne restera rien à mon retour.

— Qui vous a parlé de ces pillages ?

— Marta Fernandez. Elle vient de recevoir une lettre d'un guatemaltèque qui travaillait avec nous. Je l'ai appelé hier et il a confirmé ce qu'il écrivait dans son message.

— Vous ne m'avez rien dit, hier.

Thomas se tourna et ouvrit le réfrigérateur.

— Hier, vous étiez occupée ailleurs, grommela-t-il en sortant le jus d'orange.

« Occupée à rompre mes fiançailles, à rejeter le seul homme bien que j'aie jamais connu, et tout ça parce que je l'aime ! » Elle serra les dents. Un autre Toby ! Près à s'amuser un peu avant de disparaître. Et Rich qui s'était imaginé qu'elle pouvait le faire marcher droit !

— Voilà, maintenant vous êtes au courant. Je sais que vous vous en fichez, que vous serez même ravie de me voir partir, cependant...

Anna chercha quelque chose de bien méchant à lui rétorquer, mais le téléphone sonna et elle dut aller répondre.

— C'est vous, Anna ?

La voix mielleuse de Cindy ! Il ne manquait plus qu'elle.

— Thomas est là ? C'est urgent. Cela ne vous dérange pas, j'espère ?

Anna écarta le récepteur de son oreille comme s'il était contaminé.

— C'est pour vous. Cindy.

Thomas le lui arracha des mains, l'air maussade.

— Bonjour, Cindy. Que se passe-t-il ?

Anna jura à voix basse et alla déposer sa tasse dans l'évier.

— Bien sûr ! Pourquoi pas ? Je passerai vous prendre dans une demi-heure. Non, cela ne m'ennuie pas.

Il raccrocha et adressa un sourire narquois à Anna.

— Je dois me rendre à Dubuque. Cindy a des courses à faire. Je ne pense pas que ma « fiancée » ait envie de nous accompagner.

— Je ne suis guère partageuse. Non, merci. Je vous laisse Cindy !

— Oh, j'avais oublié. Vous avez Rich.

Son regard se fit glacial au souvenir de la journée précédente. Anna préféra quitter la pièce, et la maison.

Elle sauta dans la Coccinelle et démarra sèchement en faisant grincer ses vitesses.

N'ayant pas prémédité ce départ, Anna ne savait où aller. Pourtant, avant d'avoir le temps de s'en rendre compte, elle prit le chemin de la ferme de Salty. En passant devant le champ où s'était tenu le pique-nique, elle sourit tristement. Sa première rencontre avec Cindy. Jamais elle n'aurait cru que sa vie puisse autant changer à partir de cet instant.

Elle tenta de penser à autre chose, à la rentrée scolaire, à la beauté de l'automne dans le Wisconsin, mais ce fut peine perdue. Après avoir longé le ruisseau, Anna arriva enfin chez Salty.

Personne. Se retrouver seule la rassura. Elle avait besoin de paix et n'était pas certaine d'avoir envie de la partager avec quelqu'un. Assise dans le fauteuil à bascule qui se trouvait sous le porche, elle se mit à réfléchir. Dans la maison, les épagneuls gémissaient, pourtant Anna ne leur ouvrit pas la porte. Elle n'avait pas envie de passer sa journée à courir derrière eux.

Le Guatemala ! Elle n'arrivait pas à y croire. Et juste au moment où elle s'apprêtait à entrer en campagne pour le persuader qu'il l'aimait ! Elle secoua la tête, incrédule. Pourquoi ne pas lui avoir dit la veille que ses fiançailles étaient rompues ? Par fierté ? Pour ne pas admettre qu'il avait eu raison ? Anna fit la grimace. C'était plutôt ça. A l'idée de son sourire moqueur... Maintenant, c'était trop tard. Il y avait ses fouilles qui l'attendaient. Il y avait surtout Cindy Tate. Pauvre Anna ! Elle ne venait qu'en troisième dans l'ordre de ses préférences ! Traînant les pieds, elle se dirigea vers un enclos, s'appuya à la barrière et regarda les chevaux.

— Je pensais bien que c'était vous...

Anna se retourna d'un bond et aperçut Salty qui sortait de la grange. Il était vêtu d'un vieux treillis militaire et coiffé d'un chapeau de paille tout troué. Anna ne put s'empêcher de sourire à l'idée que c'était le même homme qui portait un costume trois-pièces à l'université.

— Je ne vous dérange pas ?

— Bien sûr que non. Thomas est toujours le bienvenu. Vous aussi.

— Merci.

Il s'appuya à son tour à la barrière et contempla un moment les chevaux.

— Il est avec vous ?

« Oui, faillit-elle répondre. Où que j'aille il est là. Il me hante. »

— Non. Il repart pour le Guatemala.

Salty se mordilla le pouce.

— Vous y allez avec lui ?

— Moi ?

L'idée était aussi tentante que choquante.

— J'ai mes cours à la rentrée. De plus… je ne crois pas qu'il en ait envie.

— Hum !

Ils se turent, chacun perdu dans ses pensées.

— Certains humains sont comme les chevaux, finit-il par murmurer.

Anna le regarda avec curiosité.

— Voyez celui-ci, Gitan. Quelqu'un l'a maltraité dans le temps. Et plus d'une fois. Ce n'était pas un cadeau, lorsque je l'ai acheté. Il m'a fallu des semaines pour simplement l'approcher. Et lorsque j'ai essayé de le monter, il m'a fichu par terre.

Il se mit à rire.

— Plus d'une fois, également.

Il siffla, et le bai trotta dans sa direction. Salty le caressa. Il sortit alors deux sucres de sa poche, en donna un à Anna et l'autre au cheval.

— Après trois ou quatre chutes, je n'avais plus très envie de le monter. J'avais peur de tomber, lui d'être maltraité.

Gitan avança la bouche et Anna lui donna le sucre qu'il prit délicatement du bout des lèvres.

— Il a pourtant l'air confiant.

— Maintenant, oui.

— Comment avez-vous réussi ? Avec des sucres ?

Elle ne se voyait pas tendre un sucre chaque matin au vilain Thomas.

— Non. J'ai été plus têtu que lui. Je l'ai eu à l'usure. Pourtant, je l'aimais.

Anna soupira.

— Cela semble facile lorsque vous en parlez.

Salty hocha la tête.

— Ça ne le fut guère. Il avait été blessé et ne savait pas que je lui voulais du bien. Tout comme votre Thomas.

— Ce n'est pas mon Thomas, protesta-t-elle.

— Il pourrait l'être.

Savait-il que Thomas avait une liaison avec Cindy ?

— Qui a maltraité Thomas ? Cindy Tate ?

— Pas seulement. Elle n'est qu'un exemple de ce qui lui est arrivé toute sa vie...

Que savait-elle, au fond, de Thomas ? Qu'il passait ses vacances avec les Fielding, que Salty lui avait appris à ramasser des pointes de flèches, qu'il détestait l'hôpital... C'était peu.

— Les gens n'ont jamais cessé de le laisser tomber, dit Salty. Sa mère les a quittés lorsqu'il avait huit ans. Et elle ne devait pas beaucoup s'occuper de lui avant cela. Son père, diplomate, ne désirait pas s'embarrasser d'un petit garçon. Thomas a eu une ou deux belles-mères, mais elles ne s'intéressaient pas plus à lui que sa mère. Il passait ses vacances chez les Fielding. Hannah, la mère de Will, est la sœur du père de Thomas. Elle l'a toujours considéré comme son troisième enfant. Chez eux il était le bienvenu. Ici aussi.

Anna ferma les yeux, peinée, essayant d'imaginer un Thomas plus jeune, blessé, abandonné. Quelle différence avec son enfance à elle, si chaleureuse.

— Je ne savais pas, murmura-t-elle.

— Je m'en doutais. Thomas ne parle jamais de ses parents. Il ne les voit pratiquement plus. Sa mère va et vient dans sa vie, sans prévenir, son père l'appelle de temps à autre. Mais il ne peut compter sur eux.

Salty fixa un instant Anna.

— Hannah et Mac Fielding sont le seul exemple de mariage heureux qu'il ait jamais eu sous les yeux. Vous ne pouvez le blâmer d'être sceptique.

— Le mariage ne l'intéresse pas. C'est lui qui me l'a dit.

— Et Gitan s'était promis de ne plus jamais se laisser approcher.

Il se passa la main sur la nuque.

— Croyez-moi, il y a eu bien des moments où je l'ai envoyé au diable.

Anna soupira.

— Dommage que ça ne marche pas avec du sucre. Ce serait tellement plus simple.

Salty rit et la serra quelques secondes dans ses bras.

— N'est-ce pas ? Mais l'amour, au moins, ne fait pas mal aux dents.

Anna ne tarda pas à repartir, heureuse d'en savoir plus sur l'enfance de Thomas. Cela lui permettait de mieux le comprendre, de le plaindre plutôt que d'avoir envie de le mordre. Pourtant, il lui semblait qu'il ne serait pas très content d'apprendre que Salty lui en avait tant dit. Il était si fier ! Trop, certainement, pour déclarer son amour à une femme qui s'était promise à un autre. D'ailleurs, l'aimait-il vraiment ? Non, c'était plutôt le genre brève liaison et fuite sans adieux.

Et si elle l'encourageait ? Elle sourit, s'imaginant à la place de Salty, le nez dans la poussière. Que dirait Thomas s'il apprenait que Salty l'avait comparé à un cheval ?

Quatre heures plus tard, Anna dut convenir qu'il était difficile d'encourager quelqu'un qui n'était pas là.

— Croyez-vous qu'il ait pu avoir un accident sur l'autoroute ? demanda-t-elle pour la troisième fois à Will.

— Non, répondit-il pour la troisième fois en soupirant. Cessez de vous inquiéter, vous allez vous gâcher le teint.

— Très drôle !

— Je ne vois pas pourquoi vous vous mettez dans un tel état. Il est allé faire des courses, rien de plus. Il doit avoir une liste longue comme le bras d'objets que réclament ses compagnons, là-bas. Des choses qu'on ne trouve pas au Guatemala.

Et il avait besoin de six, non, de sept heures pour ça ?

— Et puis n'oubliez pas qu'il y a Cindy, lui rappela Will.

— Je sais.

Anna ne voulait pas y penser. Il était trop facile d'imaginer ce qu'ils avaient pu faire durant tout ce temps. Elle grinça des dents, et Will sourit.

— Détendez-vous. Il sera bientôt de retour. Si vous vous inquiétez maintenant, que direz-vous lorsqu'il sera au milieu de la jungle ? Entre la guerilla et l'armée, il finira bien par se faire trouer la peau.

— Vous avez une façon de me remonter le moral !

Anna n'avait pas pensé à la situation politique. La malaria, les serpents et les femmes mariées l'inquiétaient déjà assez comme ça.

Will cessa soudain de sourire, son regard se fit sérieux.

— Vous vous inquiétez vraiment, n'est-ce pas ?

— Oui.

— Amoureuse ?

— Oui.

— Ma pauvre amie...

Anna fit la grimace.

— Vous êtes encourageant !

— Je vous l'avais bien dit, pourtant.

— Je sais. Mais être prévenue n'a servi à rien.

Elle marcha jusqu'à la fenêtre, écarta les rideaux et regarda dehors.

— Le voilà !

Que faire ? Lui annoncer brusquement sa rupture et attendre qu'il se déclare ? Ridicule ! Ce genre de miracle n'avait plus cours. Mon Dieu, que lui dire ?

Anna entendit la porte d'entrée s'ouvrir, puis la voix de Thomas.

— Allez m'attendre au salon. Je ne serai pas long.

Cindy pénétra dans la pièce, et Anna se laissa tomber sur le siège le plus proche.

— Bonsoir, Will. Ça va ? Bonsoir, Anna.

Le regard de Cindy s'attarda un instant sur Will mais ne fit que passer sur la pauvre Anna, comme si elle était devenue transparente. Sale type ! Qu'avait-il besoin de ramener Cindy à la maison ?

— Asseyez-vous donc, murmura Will en désignant le canapé. Vous avez été absents bien longtemps.

Cindy sourit d'un sourire de chatte repue.

— Thomas avait de choses à faire. Il a été très heureux que je l'aide.

— Dommage qu'Anna n'ait pu l'accompagner, grommela Will.

Cindy haussa les épaules.

— Elle n'aurait certainement pas fait mieux que moi. Je connais si bien la ville, et Anna si peu. Elle arrive à peine de Californie.

Elle prononça ce nom comme s'il s'agissait d'un trou perdu, donnant à Anna l'envie de lui envoyer un objet très lourd sur la tête. Malheureusement, elle n'avait qu'un vase à portée de la main, or la mère de Will y tenait beaucoup.

Cindy refusa le café que Will lui proposait.

— Nous repartons immédiatement. Thomas a son avion à prendre à Madison.

— Quoi ? s'écria Anna, incapable de se contenir.

Cindy lui adressa un coup d'œil faussement apitoyé.

— Quelle coïncidence, n'est-ce pas ? Je devais justement aller chercher Mike qui rentre de voyage. Thomas m'a évidemment demandé de le déposer. Cela ne vous dérange pas, j'espère ? ajouta-t-elle à l'intention d'Anna.

— Mais non. Cela m'évitera l'aller-retour.

Anna se leva, dans l'espoir de gagner la cuisine avant que Thomas revienne. Mais pas assez vite. Ayant déposé son sac de voyage dans le hall, il entra.

— Tout est prêt.

Elle s'immobilisa, à mi-chemin de la porte de la cuisine, et le fixa. Cette image serait la dernière de lui, elle désirait la mémoriser. Elle rougit brusquement et tourna la tête. Cindy se leva, pressée, alla le rejoindre, passa son bras sous le sien, le dévorant des yeux.

— Dis bonjour à toute l'équipe de ma part, déclara Will d'un ton léger.

Il se leva à son tour pour aller serrer la main de son cousin.

— Combien de temps comptes-tu t'absenter ?

— Je ne sais pas.

Thomas regarda Anna. Elle pensa soudain à Gitan, le cheval de Salty. Que faire ? se demanda-t-elle, paniquée. Que dire ? Mais ce fut Cindy qui parla.

— Il est tard. Nous devrions partir.

— Oui, murmura-t-il sans quitter Anna des yeux.

Il traversa brusquement la pièce, s'approcha d'Anna, lui tapota la joue et effleura sa bouche de la sienne.

— Au revoir.

« Ne partez pas ! » eut-elle envie de hurler.

— Au revoir, dit-elle.

Anna ne bougea pas, même lorsque la Volvo des Tate s'éloigna.

« Un jour, se dit Anna dans son lit, après une autre journée vide, je serai capable de dire : Thomas Davies ? Oui, je l'ai bien connu. Un charmant garçon. »

Mais pour l'instant elle se contentait de souffrir. Will

faisait tout son possible pour ne jamais en parler. Mais il y avait Jenny. Lorsqu'elle avait appris le départ de son cousin, elle s'était précipitée dans la chambre d'Anna.

— Vous voyez ? Je vous avais bien dit qu'il vous aimait !

— Pardon ?

Jenny la regarda comme on observe une demeurée.

— Il pense que vous êtes toujours fiancée à Rich, n'est-ce pas ? Que vouliez-vous qu'il fasse ? Se battre en duel ? Evidemment pas ! Alors, il est parti. Pauvre Thomas !

En effet, pauvre Thomas !

— N'oubliez-vous pas un peu trop vite l'horrible Cindy ?

Jenny haussa les épaules.

— Elle ne compte pas. Il ne la voyait que pour vous rendre jalouse.

Jenny lisait trop de romans d'amour. Penser que Thomas s'était enfui au Guatemala parce qu'elle était fiancée à Rich était ridicule. Lorsqu'il l'avait rencontrée, ne l'était-elle pas déjà ? Et ne s'était-il pas servi d'Anna pour mieux tromper Mike avec Cindy ? Il n'y avait que Jenny pour imaginer une situation aussi romantique. Pour Anna, elle était plutôt sordide.

— Pourquoi ne pas lui avoir parlé de cette rupture ? demanda Jenny d'un ton accusateur, comme si Anna était la responsable du départ de Thomas.

Parce qu'elle n'avait pas voulu l'entendre lui dire : « Je vous l'avais bien dit. » Parce qu'elle ne voulait pas lui tomber toute cuite dans le bec. En tout cas, pas tant qu'il ne croirait pas aux liaisons durables.

— Cela ne vous regarde pas, grommela-t-elle. Je vais prendre ma douche, maintenant. A demain.

Jenny grimaça un sourire.

— Et susceptible, avec ça ! Vous allez bientôt remplacer Thomas, question mauvaise humeur.

Anna lui tira la langue.

— Dehors ! lui ordonna-t-elle en s'efforçant de ne pas rire.

— D'accord. Mais je pense que vous devriez lui écrire pour lui dire que vous êtes enfin libre. Je suis certaine qu'il reviendrait par le premier avion. Qui sait ?

Thomas prendre le premier avion ? Il l'avait plutôt déjà oubliée, ou, du moins, commençait à se détacher d'elle. Cette situation ressemblait à la sienne, lorsqu'elle était arrivée à Belle River, et à celle de Rich. Très vite, le pauvre Rich n'avait plus été qu'un vague souvenir, une voix sans visage au téléphone. Thomas se souvenait-il encore d'elle ? Si elle pouvait aussi faire le vide dans sa mémoire !

Pourtant, Anna essayait. Le collège ayant ouvert ses portes, elle enseignait, maintenant. Elle y arrivait la première, partait la dernière. Le soir, elle passait de longues heures dans sa chambre à préparer les leçons du lendemain, à corriger les interrogations écrites.

Will l'observait avec une inquiétude amicale.

— Serez-vous mieux vue si vous vous tuez à la tâche ?

Anna avait souri mais rien n'avait pu freiner son ardeur.

Et cela avait marché, jusqu'à un certain point. Elle était si fatiguée, à la fin de la journée, qu'elle s'endormait sans avoir le temps de s'inquiéter de Thomas.

Elle rencontra d'autres gens qui ne connaissaient pas Thomas, qui ne lui en parlaient pas, et elle finit par croire qu'elle se remettait de son départ.

Pourtant, trois semaines jour pour jour après son départ, en traversant le salon, en regardant la porte qu'il avait peut-être franchie pour toujours, Anna dut admettre qu'elle se mentait, qu'elle ne pouvait l'oublier.

Il lui manquait tant ! Tout au fond de son âme, il y avait un vide. Comparé à ce qu'elle avait ressenti en quittant la Californie, c'était à mourir de rire. S'éloigner de Rich avait été comme se casser un ongle, perdre Thomas était perdre un bras.

Vendredi ! Un long week-end devant elle. L'enfer ! Au collège, au moins, elle trouvait de quoi s'occuper.

— Vous êtes là ?

C'était Jenny, un large sourire aux lèvres.

— Pour vous !

Une lettre sur la table. Son écriture !

Elle déchira l'enveloppe d'un doigt tremblant.

— Qu'est-ce qu'il raconte ? Vous dit-il qu'il vous aime ? Quand rentre-t-il ?

— Chut !

Il s'agissait d'une lettre impersonnelle.

« Il fait chaud. Nous sommes envahis d'énormes cafards. »

Il parlait ensuite du pillage du site, moins grave qu'il ne l'avait craint, d'une poterie qu'il avait découverte, d'un fabuleux dîner qu'il avait dégusté à Guatemala City avant de s'enfoncer dans la jungle.

— Eh bien ? s'impatienta Jenny.

Anna laissa tomber la lettre sur la table.

— Lisez vous-même.

Pourquoi l'en priver ? Cette lettre aurait aussi bien pu lui être destinée. Pourtant, l'arrachant des mains de l'adolescente, Anna monta en courant dans sa chambre pour la relire en paix, pour tâcher de trouver un appel entre les lignes.

Un moment, elle eut l'impression qu'il était dans la pièce, lui racontant ses aventures, comme ce fameux soir chez Salty. Elle se mit à pleurer.

« Il n'est pas ici. Ce n'est qu'une lettre. Calme-toi ! » Elle la rangea dans l'enveloppe, la serra dans un tiroir. Elle avait une interrogation de maths à corriger, une « interro », comme disaient ses élèves, et c'était urgent. Maintenant, Anna avait sa vie, Thomas la sienne.

Gitan, avant de devenir l'ami de Salty, avait-il fait un jour un geste amical, si ténu soit-il ? A quoi bon repenser à tout cela ? Rêver ne la rendrait pas plus heureuse.

Le jour suivant, une autre lettre arriva, aussi exempte

de passion que la première. Cette fois, Thomas lui racontait une tempête tropicale au cours de laquelle il avait failli se noyer. Il lui expliquait également qu'il s'était fabriqué un hamac et qu'il avait trouvé ce travail plus difficile que la reconstitution des poteries. Anna s'était discrètement essuyé les yeux et avait rangé la lettre avec la précédente.

A partir de ce jour, elle en reçut une quotidiennement. Des petits mots bavards et amicaux qu'elle aurait pu abandonner sur la table, ce qu'elle ne faisait pas. Chaque soir, elle les sortait du tiroir et les relisait jusqu'à les savoir par cœur.

Maintenant, elle était habituée au style, qui lui semblait plus approprié que celui d'une lettre d'amour. Ces lettres n'exigeaient rien d'elle. Chaque jour, Anna espérait que ces missives recréeraient un lien entre eux, permettraient à Thomas de reprendre confiance en elle, mais elle n'osait pas trop y croire. Elle ne serait certaine de rien avant son retour.

Or elle ne savait pas quand il reviendrait. Elle le lui avait demandé, dans une de ses lettres, car elle lui écrivait aussi, mais il n'avait pas répondu à sa question.

L'avait-il reçue, cette lettre ? La distribution du courrier dans la jungle ne devait pas être aisée. Peut-être s'était-elle égarée ? A moins qu'il n'ait décidé de ne pas lui fournir ce renseignement.

Longtemps, Anna avait hésité avant de lui écrire, mais la tentation avait été la plus forte. Aussi s'y était-elle mise.

Des lettres comparables aux siennes. Amicales, neutres. Jamais tristes, non. Gaies, au contraire. Elle y parlait de la famille, de son enseignement, de la vie à Belle River. Rien qui ressemble à un quelconque courrier sentimental.

Mais, en même temps, Anna ne pouvait s'empêcher d'espérer.

Après tout, rien ne l'obligeait à lui écrire ! Pourtant, elle avait sa lettre tous les jours. Chaque matin, qu'il pleuve ou qu'il vente, elle trouvait dans la boîte aux lettres une enveloppe avec son écriture.

Thomas avait besoin de son amitié, c'était clair. Et peut-être, mais elle se laissait aller à imaginer trop de choses, désirait-il plus d'elle ? Beaucoup plus ?

126

9

L'optimisme d'Anna ne fit que croître dans les semaines qui suivirent. Elle avait maintenant l'impression que les lettres de Thomas se faisaient plus amicales encore. La fin du monde arriva par un clair matin d'automne, un samedi. Anna pendait sa lessive, s'amusant du bruit que faisaient les draps en claquant au vent et songeant que dans deux heures elle recevrait une autre lettre, lorsque Jenny vint la rejoindre.

— Comment jouez-vous au tennis ?

— Mal.

Jenny fit la tête.

— Tant pis. J'ai besoin d'un partenaire et n'ai que vous sous la main. Je devais jouer un double avec Doug, dans un tournoi, mais il a préféré assister à un match de football à Madison.

— Mais je joue affreusement !

Peine perdue. Jenny était aussi obstinée que son frère et son cousin. Dix minutes plus tard, Anna se retrouva en tenue légère, une raquette sous le bras. Elles se rendirent au club à bicyclette.

— Vous jouez dans cinq minutes sur le court quatre, leur annonça un officiel.

— Je vais me couvrir de ridicule ! protesta Anna à voix basse.

Jenny lui adressa le fameux regard des Fielding, ou des Davies, et elle la suivit sans insister.

— Qui sont nos adversaires ? Mon Dieu, ils nous massacreront !

— Mais non. Cindy est nulle. Quant à Mike, je le vaux.

— Nous rencontrons les Tate ?

— Evidemment. Allons, dépêchez-vous.

— Vous voulez que je joue avec Cindy ?

— Mais non, sotte, pas avec, contre ! Je pensais que la battre vous réjouirait !

Le simple fait de voir Cindy lui soulevait le cœur. Anna eut soudain une terrible envie de s'enfuir à toutes jambes. Malheureusement, leurs adversaires les avaient aperçues.

— Ah, vous voilà ! s'écria Mike. Nous pensions que vous aviez déclaré forfait.

— Nous ? Jamais ! répondit Jenny d'un ton enjoué, très sûre d'elle.

« Cette gamine a le même caractère que son cousin, se dit Anna. Rien ne peut l'abattre, même se présenter à un tournoi avec une joueuse incompétente et hors de forme. »

— Vous êtes sa partenaire, Anna ? demanda Cindy, ses grands yeux bleus écarquillés.

Elle paraissait amusée et sceptique à la fois, ce qui donna aussitôt à Anna une furieuse envie de gagner.

— Apparemment, répondit-elle d'un ton froid.

Cindy ressemblait à une publicité pour vêtements de sport, du bandeau rose qui barrait son front aux pompons de ses chaussettes.

— Allons-y ! s'exclama-t-elle, faussement joyeuse. Et que les meilleurs gagnent.

Cindy, ce fut bientôt évident, n'aidait pas plus Mike qu'Anna apportait une aide quelconque à Jenny. Mais Anna, au moins, ne gênait pas sa partenaire, ne tentant aucun coup gagnant, se contentant de renvoyer la balle dans les lignes. Cindy, quant à elle, se précipitait sur tout

128

ce qui franchissait le filet, arrosant généreusement les grillages alentour.

— Je ne peux y croire, ne cessait de répéter Jenny, folle de joie.

... Et elles gagnèrent !

— Je prendrai ma revanche en simple, grommela Mike.

— C'est probable, répondit Jenny en riant.

Elle était si contente que plus rien n'avait d'importance. Anna, gagnée par cette euphorie, riait aussi. Si elle avait su...

Comme elle s'attardait pour relacer sa chaussure, elle s'aperçut que Cindy l'avait attendue.

— Agréable partie, lui dit-elle, pour se montrer aimable.

— Pour vous, répondit Cindy, le regard brillant. Profitez de cette victoire, Anna. Vous ne gagnerez pas toujours.

Anna éclata de rire.

— En effet. Je joue si mal. Je savais à peine ce que je faisais.

— Vous ne saviez pas ce que faisiez lorsque vous avez accepté d'épouser Thomas ?

Anna regarda autour d'elle. Mike et Jenny discutaient plus loin.

— De quoi vous plaignez-vous, Cindy ? N'avez-vous pas eu votre chance ?

— Je ne l'ai pas encore perdu ! lui lança la vipère.

— Et Mike ?

Cindy sourit d'un air gêné.

— Je suis mariée, c'est vrai, cependant Thomas a été mon premier amour.

Elle se conduisait comme si Anna lui avait volé son homme, boudait comme une enfant mal élevée.

— Et il sera également mon dernier amour ! ajouta-t-elle d'un ton dramatique. Je suis enceinte !

Un instant, Anna ne vit pas le rapport. Lorsqu'elle

129

comprit enfin, ce fut comme si Cindy venait de la poignarder.

— Vous êtes...

— Oui, de huit semaines.

Anna ne répondit pas. L'enfant de Thomas ? C'était ce qu'elle voulait dire ?

— Je vais mettre au monde un enfant au regard brun, reprit Cindy d'une voix agitée, sans la quitter des yeux.

Inutile de lui faire un dessin. Mike et Cindy avaient tous deux les yeux bleus.

— J'espère que vous le comprenez, cela change beaucoup de choses.

Cindy regardait maintenant la bague de Rich d'un air entendu.

— Lorsque je préviendrai Thomas...

— Vous croyez que Mike n'aimerait pas un enfant aux yeux bruns ? demanda Anna d'une voix innocente.

« Garde ton calme, se répéta-t-elle. Ne lui montre pas que tu as mal ! »

— J'en suis même persuadée. Réfléchissez à tout ceci, ma chère. Peut-être pourriez-vous prendre les devants ?

Se tournant, elle s'éloigna. Anna se laissa tomber sur un banc, effondrée.

— Où étiez-vous passée ? lui demanda Jenny lorsqu'elle rentra à la maison, tard dans la soirée. Je vous ai cherchée partout mais vous aviez disparu.

Elle regarda Anna sous le nez.

— Vous avez été malade ?

— J'ai eu la migraine, mentit Anna.

C'était plutôt à la hauteur du cœur qu'elle n'était guère brillante.

— Je suis trop âgée pour ce genre de sport, reprit-elle sans se retourner, de peur que Jenny remarque ses yeux rouges.

— Je n'arrive pas encore à croire que nous les ayons battus ! s'exclama l'adolescente.

— La vie est pleine de surprises.

Elle était payée pour le savoir !

Jenny s'emplit la bouche de biscuits.

— Mike m'a battue en simple. Il joue bien. Mieux que moi, finalement. Dommage qu'il soit obligé de faire les doubles avec Cindy.

« Il se cherchera bientôt un autre partenaire », pensa Anna. Mais elle ne pouvait dire une chose pareille à Jenny. De toute façon, tous l'apprendraient bien assez tôt. Quant à continuer à prétendre qu'elle était la fiancée de Thomas, il n'en était plus question.

Voyant Jenny plonger la main dans la boîte à biscuits, Anna lui tapa sur les doigts.

— Si vous continuez, vous n'aurez plus faim ce soir.

— Vous feriez une excellente mère ! s'exclama la jeune fille.

Le cœur d'Anna se serra.

— J'en doute fort.

Elle courut à sa chambre, laissant Jenny bouche bée. Cette nuit-là, elle dormit mal, pensant sans cesse à l'enfant que portait Cindy. Son enfant !

— Au secours, murmura une petite voix.

Anna ouvrit un œil et aperçut la tête de Jenny dans l'entrebâillement de la porte.

— Qu'y a-t-il ? demanda-t-elle en baillant.

— J'ai besoin de vous.

— Oh, non ! Ce match m'a suffi.

— Il ne s'agit pas de tennis, cette fois. La mère de Thomas est en bas.

Elle en parlait comme si la peste venait de s'abattre sur Belle River.

— Sa mère ?

— Pensiez-vous que nous l'avions trouvé dans un chou ?

— Non, mais... Que veut-elle ? Il n'était pas prévu qu'elle... Quand est-elle arrivée ?

Anna se leva, plus curieuse que nerveuse. Bien qu'elle

sût que son avenir avec Thomas était compromis, elle trouvait intéressant de rencontrer sa mère, surtout après ce que Salty lui avait dit à son sujet.

— On a sonné, j'ai ouvert, elle était là. Venez, je ne sais que lui dire.

— Lui avez-vous offert du café ? demanda-t-elle en enfilant un jean.

— Elle en est à sa quatrième tasse. Dépêchez-vous !

— Pourquoi moi ?

— Parce que vous êtes la fiancée de Thomas.

— Quoi ? Vous lui avez dit ça !

Jenny rougit.

— Eh bien... Will n'était pas là, Thomas non plus, évidemment, et j'étais embêtée. Comme elle se plaignait qu'il mène une vie impossible, j'ai pensé que lui annoncer qu'il était fiancé serait une bonne chose. Vous n'êtes pas d'accord ?

Anna fit la grimace.

— Vous avez de ces idées !

Elle retira immédiatement le jean. Une fiancée se devait d'être plus élégante, était supposée faire bonne impression.

— Que dois-je lui dire ? Cette femme n'a jamais entendu parler de moi et...

— Elle sait que vous existez, maintenant.

Anna se coiffa à la hâte et se maquilla légèrement. Mon Dieu, elle était si peu sophistiquée ! Surtout comparée à Cindy. Si la mère de Thomas connaissait cette dernière, elle ne manquerait pas de la confronter à ses souvenirs, et ce ne serait guère à son avantage.

La mère de Thomas était grande, mince, suprêmement élégante.

— Je suis Anna Douglas, se présenta la jeune fille, remarquant que l'autre la dévisageait avec le plus grand intérêt.

— Margaret Tanner, ma chère. Je suis ravie de rencontrer la fiancée de mon fils, et enchantée que quelqu'un se soit enfin donné la peine de m'annoncer qu'il en avait une.

Il y avait une certaine amertume dans sa voix. « Elle ne va quand même pas m'en blâmer », se dit Anna en s'efforçant de sourire.

— Cela s'est passé très vite, murmura-t-elle.

— Comme c'est curieux. J'aurais pensé que Thomas réfléchirait à deux fois avant de se relancer dans une pareille aventure. Il n'a pas voulu de cette autre fille, cette Sassy, ou quel que soit son nom.

— Cindy, précisa Anna.

— C'est ça. Il n'a pas voulu l'épouser. Et savez-vous ce qu'il m'a dit ? Je vous le donne en mille. Que c'était de ma faute ! Il paraît qu'elle me ressemblait trop.

Anna retint un sourire. Ce genre de déclaration était bien de Thomas. Margaret Tanner soupira.

— Ce garçon ! Il ne pardonne rien.

Elle fusilla Anna du regard, comme si tout était sa faute.

Que lui répondre ?

— Je ne crois pas que...

Mme Tanner la coupa.

— J'espère que vous savez ce que vous faites, mon enfant. Thomas n'est pas facile à vivre, loin de là.

Elle se redressa un peu sur le canapé et tira sur sa jupe en soupirant de nouveau.

— Je suis payée pour le savoir. Ce fut un enfant particulièrement épouvantable.

Anna entendit Jenny pouffer à l'autre bout de la pièce.

— Vraiment, madame Tanner ?

D'après Salty, la mère l'avait été bien plus que le fils.

— Puisque je vous le dis ! Quand je pense que cet affreux gamin est devenu ça !

Anna ne fut pas certaine de bien comprendre ce que Mme Tanner entendait par ce « ça ». Elle n'eut d'ailleurs pas le temps de le lui demander.

— Et toujours malade, en plus ! La scarlatine, la

rougeole, la varicelle, des rhumes, des grippes à n'en plus finir… Il a tout eu !

Elle émit un petit chevrotement amer qui aurait pu passer pour un rire.

— Comme je n'avais pas l'âme d'une infirmière, je le confiais évidemment aux domestiques, et il n'a jamais perdu une occasion de me le reprocher. Mauvaise mère, etc. Aussi lorsque j'ai rencontré Gareth, lors de mon passage à New York avec Howard, la semaine dernière, et qu'il m'a annoncé que Thomas avait été malade, j'ai pensé qu'il était de mon devoir d'aller lui rendre visite. Et il n'est même pas là !

C'est tout juste si elle ne laissait pas entendre que Thomas l'avait fait exprès pour pouvoir le lui reprocher plus tard.

— Qui est Gareth ? demanda Anna, un peu perdue.

— Le père de Thomas. Nous sommes divorcés depuis des siècles. Encore une chose que me reproche mon cher fils.

Elle haussa les épaules.

— Thomas est très rigide en ce qui concerne le mariage. Ma chère, vous allez épouser un véritable saint !

En tout cas, si Thomas pensait grand bien du mariage, de son mariage, il n'en allait pas de même lorsqu'il s'agissait de celui du pauvre Mike. Quel hypocrite !

— Vous voulez dire qu'il n'a pas approuvé votre divorce, madame Tanner ?

— Il n'approuve rien de ce que je fais !

Il y avait une sorte de lueur chagrine dans son regard. Finalement, cette femme si sûre d'elle et dominatrice devait souffrir autant que son fils de cette situation.

— Après notre divorce, il s'est dressé contre nous. Et plus spécialement contre moi. Il faut dire que j'avais quitté Gareth pour un autre homme. Gareth était si ennuyeux ! Cela vous dérange si je fume ?

— Jenny, donnez un cendrier à Mme Tanner, s'il vous plaît.

134

L'adolescente fit la grimace, comme si on la privait du meilleur épisode de son feuilleton préféré. Anna lui adressa un regard menaçant ; elle se leva à contrecœur et sortit.

La mère de Thomas alluma une cigarette d'une main nerveuse et lâcha un jet de fumée vers le plafond.

— Je me demande bien pourquoi je vous raconte tout ça... Vous avez l'air si innocente !

Que répondre ? Mais avec une telle femme il suffisait d'écouter, elle se chargeait du reste.

— Vous rendez-vous compte que Thomas va vous rendre très malheureuse ? Je n'essaye pas de le critiquer, mais il demande tant à ceux qu'il aime...

Anna regarda par la fenêtre, puis ses yeux firent lentement le tour de la pièce. Elle aurait voulu que Mme Tanner s'en aille. Le Thomas dont elle venait d'entendre parler n'était pas homme à avoir fait un enfant à Cindy. Pouvait-elle avoir menti ?

— J'ai l'impression que je ne le comprendrai jamais, murmura sa mère en haussant ses épaules élégantes. Mais j'espère que vous y arriverez, ma chère.

Elle se leva brusquement et jeta la cigarette par la fenêtre.

— J'ai été très heureuse de faire votre connaissance, Miss Douglas.

— Moi aussi, madame Tanner. J'espère comprendre Thomas. Je crois même que je commence déjà.

— Tant mieux. Pourvu que je n'aie rien gâché en vous racontant tout cela. J'ai si peu fait pour Thomas, ou si mal. S'il apprend que je vous ai dit toutes ces choses, il va encore m'en vouloir.

Anna ne le pensait pas. Elle escorta Mme Tanner jusqu'à sa voiture, promettant d'écrire à Thomas pour lui raconter la visite de sa mère et le souci qu'elle avait de sa santé.

— Dites-lui bien que j'étais venue le soigner, précisa-t-elle.

Malheureusement, lorsqu'elle ajouta qu'elle n'était que

de passage à Madison avec son mari, et qu'elle devait repartir dans la journée, Anna se rendit compte qu'elle n'avait jamais eu l'intention de s'occuper de Thomas, eût-il été à l'article de la mort. Enfin, sa venue était tout de même bénéfique. Elle avait donné de nombreux sujets de réflexion à Anna.

Mme Tanner déposa un petit baiser sur la joue d'Anna du bout des lèvres.

— Je suis enchantée d'avoir eu cette conversation avec vous. Je vous souhaite beaucoup de chance. Vous en aurez besoin.

Elle monta dans sa voiture et baissa la glace de la portière.

— Ne faites pas trop vite de moi une grand-mère, dit-elle avant de démarrer. Je me sens déjà bien assez vieille !

Une heure plus tôt, Anna aurait ri en pensant que le petit-fils était déjà en route. Maintenant, elle n'en était plus si certaine. Elle regarda la voiture de location s'éloigner et revint lentement vers la maison. Jenny se tenait dans le salon, immobile, bouche bée. Anna, en souriant, lui releva le menton.

— Vous en faites une tête.

— Je n'arrive à croire que cette femme puisse être la mère de Thomas.

— Allons, ne me dites pas que vous croyez maintenant à ces histoires de choux après m'en avoir fait le reproche !

Si sa mère et lui ne se ressemblaient guère, la connaître lui faisait soudain mieux comprendre Thomas et expliquait bien des choses.

— Quelle bonne femme ! Quand je pense qu'il a fallu que son mari assiste à un congrès médical à Madison pour qu'elle vienne voir son fils ! Maintenant, elle va rentrer à Atlanta et nous n'entendrons pas parler d'elle pendant deux ans. Une mère, ça ?

Anna sourit à la colère de Jenny. Cette dernière se dirigea vers la porte.

— Je vais jouer un peu au tennis. Vous venez ? Le sport m'aide à réfléchir.

Anna refusa d'un signe de tête.

— Le sport m'embrouille les idées, dit-elle en riant.

C'était en tout cas ce qui s'était passé la veille. Mais maintenant, Anna voyait les choses sous un jour différent. Si, comme le disait sa mère, Thomas considérait le mariage avec tant de sérieux, il était peu probable qu'il ait fait un enfant à Cindy. Bien qu'Anna les ait surpris en train de s'embrasser, elle n'avait que la parole de Cindy.

Anna, maintenant, doutait vraiment de l'existence de ce bébé, ou plutôt de la paternité de Thomas. S'il s'était « fiancé » avec elle, n'était-ce pas pour éviter Cindy ? Elle repensa à ce que lui avait dit Jenny. Thomas, jaloux de Rich, aurait fait semblant d'être intéressé par Cindy pour la rendre jalouse à son tour. C'était possible.

Mais même si c'était vrai, qu'y pouvait-elle maintenant ? Thomas se trouvait à des milliers de kilomètres de Belle River. Ce n'était pas comme traverser le hall, frapper à sa porte et lui dire : « Je crois que vous m'avez mal comprise. »

A moins que... Une lettre ? Pourquoi pas ?

Oserait-elle ?

Anna s'assit à sa table de travail et tenta de rassembler son courage. Et si elle se trompait ? Si cet aveu le rendait fou de rage ? Anna soupira. Ce n'était pas simple... Si Thomas ne l'aimait pas mais la désirait toujours, il pourrait parfaitement prendre sa lettre pour une invite, s'imaginer qu'elle était prête à accepter une brève liaison à son retour. Dans ce cas, ce serait l'enfer... Ou le paradis ?

« Que désires-tu ? se demanda-t-elle. Auras-tu le courage de lui donner le choix ? » Rich lui aurait conseillé la prudence. Mais, était-ce bien le moment ? Non, assurément !

« Cher Thomas, commença-t-elle. J'ai quelque chose de très important à vous dire... »

Et elle lui raconta tout. Sa rupture à Chicago, son

137

angoisse à l'idée de tout lui avouer, la peur qui la prenait maintenant à l'idée d'expédier cette lettre... Puis elle se précipita à la poste avant de changer d'avis. En regagnant la maison, elle se fit l'impression d'être l'imprudent qui vient de poser le pied sur une pierre descellée en haut d'une montagne. S'il ne lui répondait pas ou lui riait au nez, plus dure serait la chute.

« La seule chose à faire, se dit-elle les jours suivants, est de ne plus y penser. »

Si Anna n'y parvint pas, ce ne fut pas faute d'avoir essayé. Elle passa encore plus d'heures au collège, tapa les textes de Will jusqu'au milieu de la nuit, aida Jenny à préparer une fête d'anniversaire extravagante. L'anniversaire de Will, le vendredi suivant.

Ce fut cette dernière activité qui prit le plus de temps. Jenny aurait invité la moitié de la ville si Anna n'y avait mis bon ordre. Mais elle ne put l'empêcher d'inviter pratiquement tous les professeurs de l'université.

— Pourquoi ne pas nous limiter aux services d'Archéologie ?

— Parce que William a des amis dans les autres départements ; que je ne veux pas les vexer.

Elles se trouvaient dans un supermarché et Jenny entassait dans leur chariot tant de choses qu'Anna commençait à en avoir le vertige. Lorsque Will verrait la note... Elle ferma les yeux en soupirant et heurta quelqu'un.

Cindy Tate !

— Avez-vous reçu mon invitation ? lui demanda Jenny. Vous viendrez ?

— Bien sûr ! s'exclama la vipère en lui faisant son plus beau sourire, celui qu'Anna détestait entre tous. Je ne manquerais cet anniversaire pour rien au monde. Ça va, Annie ? Tiens, vous ne portez plus votre bague ?

— Pardon ?

— Je me demandais ce que vous aviez fait de votre jolie bague de fiançailles.

138

Anna lui rendit son sourire et décida de lui mentir. Dieu lui pardonnerait certainement, Cindy étant si méchante !

— Je l'ai donnée à nettoyer.

En fait, elle ne la portait plus depuis que Cindy lui avait annoncé qu'elle était enceinte. Et maintenant qu'elle avait tout dit à Thomas dans sa lettre, elle ne la passerait plus jamais à son doigt, quelle que soit la réponse.

Evidemment, Cindy n'en crut pas un mot, ce qui n'étonna pas Anna.

— A nettoyer ?

— Oui. Maintenant, si vous voulez bien nous excuser, nous avons encore une foule de choses à acheter.

Elle poussa Jenny dans une allée, abandonnant Cindy. Qu'elle pense ce qui lui plaira, se dit-elle.

— Pourquoi avoir invité ce serpent ? grommela-t-elle lorsqu'elles furent hors de portée de voix.

— Je suis désolée, j'avais complètement oublié que... Maintenant, c'est trop tard.

Elle ne serait jamais autant navrée qu'Anna, pensa celle-ci d'un air sombre. Dire qu'elle avait espéré ne jamais revoir Cindy ! Et maintenant, il lui faudrait passer une soirée entière en sa compagnie...

La semaine se traîna. Chaque matin Anna se disait : « Demain il recevra ma lettre. » Elle commença a devenir nerveuse.

« Que va-t-il en penser ? Ai-je eu raison de l'expédier ? » Pour conjurer le sort, Anna se plongeait alors dans les préparatifs de la fête, se souvenait que Cindy y assisterait, et son sang se mettait à bouillir. Connaissant Cindy, elle savait que l'autre ne laisserait pas passer la soirée sans lui dire quelque chose de blessant.

Cependant, le vendredi soir arriva très vite. Anna fut bientôt si occupée qu'elle en oublia un instant Thomas, qu'elle imaginait assis sur une souche dans la jungle, en train de dévorer sa lettre. Chargée de recevoir les invités, elle fit de son mieux pour éviter les Tate, s'absentant lorsqu'ils arrivèrent et ne réapparaissant que lorsqu'elle fut certaine qu'ils étaient trop occupés pour s'inquiéter d'elle. Malheureusement, c'était compter sans la méchanceté de Cindy.

Anna se tenait dans la cuisine, se demandant si certaines rumeurs qui couraient étaient fondées. Elle avait entendu parler de l'enfant à venir des Tate, de leur mariage qui allait à vau-l'eau, et doutait de nouveau, mais dans l'autre sens. Cindy aurait-elle dit la vérité ? Anna avait surpris une conversation près du buffet qui pouvait le faire penser. Elle ferma les yeux et soupira.

Lorsqu'elle les rouvrit, Cindy se tenait devant elle.

— Thomas a appelé, hier soir. Je lui ai dit pour le bébé.

Elle regarda Anna un long moment en souriant.

— Vous ne portez toujours pas la bague ?

Sur ces mots, elle sortit, laissant Anna désespérée.

10

Il n'y avait pas qu'une attaque nucléaire qui pouvait causer des dommages irréparables. Les quelques mots prononcés par Cindy eurent le même effet sur Anna. Elle dut se retenir au dossier d'une chaise pour ne pas tomber.

Quand Thomas recevrait sa lettre, il s'amuserait beaucoup. Quelle naïveté ! Comment pouvait-on être idiote à ce point ? Avec un peu de chance, il l'avait en ce moment même entre les mains et riait à gorge déployée. A la pensée qu'il se marierait avec Cindy, elle faillit se trouver mal. Si les Tate ne s'entendaient plus et si Thomas était vraiment le père de l'enfant, Cindy serait bientôt Mme Thomas Davies.

Le plus terrible était qu'Anna serait encore là lorsque cela se passerait. Un mariage entre Thomas et Cindy ! Il fallait qu'elle parte avant son retour. Qu'elle trouve un appartement. Qu'elle démissionne et s'en aille au loin. N'importe quoi plutôt que d'assister à la cérémonie. Et Anna devait se décider vite, car Thomas, apprenant l'existence de son enfant, n'allait pas tarder. Et dire qu'elle comptait tant sur cette lettre, qu'elle attendait plus ou moins qu'il lui téléphone. C'était Cindy qu'il avait appelé !

— Reste-t-il du rosé ? demanda Will en entrant. Ça ne va pas ?

— Un peu de fatigue. Je vais voir. Il doit rester quelques bouteilles dans le placard.

— Parfait. Apportez-les, si cela ne vous ennuie pas.

Il disparut en souriant.

Heureuse d'avoir quelque chose à faire, Anna fouilla dans l'armoire et y trouva une bouteille de rosé et plusieurs de blanc. Elle les porta aussitôt au salon.

Will se tenait près du buffet.

— C'est tout ce qu'il reste, lui dit Anna. J'ai mis du blanc pour compléter.

Will lui sourit.

— Merci, je... Bon Dieu ! Regardez qui est là !

Anna se tourna brusquement et lâcha une des bouteilles.

— Thomas !

Il avait répondu à l'appel de Cindy, certainement. Dieu, qu'il avait fait vite ! Evidemment, sachant que Cindy attendait un enfant... Anna, livide, souhaita que le plancher s'ouvre et l'engloutisse. Elle n'aurait pas la force d'assister à leurs retrouvailles. Mais, au fait, où était Cindy ?

Anna regarda autour d'elle et l'aperçut. En compagnie de Mike, elle bavardait en riant avec un autre couple. Levant les yeux, elle vit soudain Thomas et devint encore plus pâle qu'Anna.

Thomas ne l'avait pas encore vue. Ses yeux balayait la foule, la cherchant certainement. Il n'allait quand même pas l'enlever à son mari devant tous leurs amis ! Le regard d'Anna alla de l'un à l'autre. Elle s'attendait à ce que la pâleur de Cindy se transforme en roseur triomphante. Mais non. Le visage de Cindy avait viré au grisâtre. Elle reporta son attention sur Thomas pour voir ce qu'il allait faire.

C'est vers elle qu'il venait, fendant la foule !

Will prit son cousin par les épaules.

— Un si long voyage pour assister à mon anniversaire ?

142

Prends un verre, mon vieux. Il ne reste que du blanc, Anna vient de lâcher les dernières bouteilles de rosé.

Anna n'osait bouger. D'ailleurs, elle en aurait été parfaitement incapable. Pourtant, elle avait une formidable envie de le toucher, pour s'assurer qu'elle ne rêvait pas. Thomas était plus bronzé, plus mince. Ses yeux ne la quittaient pas. Ignorant l'offre de Will, il prit la main d'Anna.

— Plus de bague ?

— Non, balbutia-t-elle.

Il laissa échapper un long soupir.

— Plus de Rich ?

— Non.

Il se tourna brusquement vers la porte, la tirant derrière lui.

— Venez. Il faut que je vous parle.

— Mais...

— Pas de mais !

Du coin de l'œil, Anna aperçut Cindy. Son visage était maintenant verdâtre.

— Enfilez ceci, lui dit Thomas lorsqu'ils furent dans le hall.

Il lui tendait le manteau de Will.

— Où allons-nous ? Vous ne pouvez arriver ainsi et m'enlever comme un homme des cavernes ! Que faites-vous ici ? Ne vous trompez-vous pas de femme ?

Elle avait tant de questions à lui poser qu'elle ne savait plus ou donner de la tête.

— Ça n'est pas mon manteau, protesta-t-elle.

— Nous ne le volons pas, nous l'empruntons.

Il le lui passa et commença à le boutonner, comme si elle était trop jeune pour y arriver seule.

— Je sais fermer un manteau !

— Vraiment ? Dans ce cas, faites-le et suivez-moi.

Posant la main entre ses omoplates, il la poussa vers la porte d'entrée.

L'air vif et glacé de cette nuit de novembre la surprit

moins que l'arrivée de Thomas. Il la traîna jusqu'à la Volkswagen, l'installa au volant et se laissa tomber sur le siège passager. Il y avait une telle tension entre eux qu'Anna fut incapable de se souvenir comment on démarrait la voiture. Thomas tourna la clef de contact pour elle.

— Pensez-vous pouvoir y arriver, maintenant ?

Conduire était le dernier de ses soucis. Voilà un homme qui tombait du ciel, négligeait la femme qui portait son enfant et l'enlevait, et en plus il voulait qu'elle conduise !

— Evidemment, grommela-t-elle. Où allons-nous ?

— Chez Salty.

— Il n'est pas là. Il n'a même pas pu venir à l'anniversaire de Will. Il est parti passer le week-end chez sa sœur à Minneapolis.

— C'est encore mieux. En route !

— Mais...

— Contentez-vous de tenir le volant.

Il était inutile de protester. Thomas avait la mâchoire serrée, plus têtu que jamais. Anna fit une marche arrière et s'engagea dans l'allée.

— Pourriez-vous m'expliquer ?

— Plus tard ! Si je m'explique maintenant, je risque de vous tordre le cou.

— Quoi ?

Avait-il perdu la tête ? Si quelqu'un méritait d'être étranglé, ce soir, c'était plutôt lui !

Thomas ne répondit pas. Il fixait la route. Anna accéléra à fond. Elle désirait arriver chez Salty le plus tôt possible pour l'interroger. Pourquoi s'intéressait-il tant à sa bague ? Elle ne pouvait imaginer qu'il ait reçu sa lettre et eu le temps de sauter dans un avion.

— Pas si vite ! Vous allez nous tuer !

Comme Anna ne répondait pas, il se tourna vers elle.

— Avez-vous déjà conduit sur la neige ?

— Jamais. C'est la première fois.

Il poussa un grognement d'effroi.

— Arrêtez-vous. Je prends le volant.

Anna ignora son ordre. Au contraire, elle accéléra et s'engagea sur la petite route qui menait chez Salty à toute vitesse.

— Je vous ai dit de vous arrêter !

— Non ! Essayez de m'empêcher de conduire, si vous le pouvez.

Elle n'aurait jamais dû le provoquer ainsi.

Thomas tendit la main et coupa le contact. Anna freina, et la Coccinelle se mit en travers, tout en continuant à glisser.

— Ne freinez pas ! cria-t-il en s'agrippant au volant. Cessez de freiner !

Anna, perdant complètement la tête, appuya encore plus fort sur la pédale. Roues bloquées, la voiture franchit le bas-côté couvert de neige glacée, traversa une haie, dévala une petite pente et s'arrêta enfin. Avec l'aide d'un arbre.

— Ma voiture ! gémit Anna. Regardez ce que vous avez fait à ma voiture !

— Moi ? Moi ! Je vous avais dit d'arrêter !

— Vous avez coupé le contact !

— Uniquement parce que vous continuiez ! Tout est votre faute !

— Vous débarquez du Guatemala sans prévenir, vous m'enlevez au beau milieu d'une fête, vous détruisez ma voiture, et vous avez le toupet de dire que c'est ma faute !

Folle de rage, Anna ouvrit la portière, sortit d'un bond de la voiture et entreprit de remonter la pente.

— Où allez-vous ?

Thomas, après s'être assuré que seul le pare-chocs avait souffert, se lança à sa poursuite.

Anna n'était pas équipée pour faire du jogging dans la neige. Ses sandales à talons hauts et sa robe longue n'étaient pas ce qu'il y avait de mieux ! Elle eut bientôt les pieds gelés, sans compter de nombreuses égratignures aux chevilles. Lorsque Thomas la souleva dans ses bras, sa colère s'évanouit presque tant elle se sentit soulagée.

L'effort qu'il déployait pour la porter faisait battre son cœur si fort qu'elle le sentait s'affoler à travers l'épaisseur du manteau. Quel confort ! Mais il n'était pas question de se laisser dorloter. Pas avant qu'ils se soient expliqués. La colère la reprit.

— Posez-moi !

— Non.

Il marchait sur la route, maintenant, d'un pas vif, et Anna n'eut d'autre ressource que de passer les bras autour de son cou. L'accident s'était produit à cinq cents mètres à peine de la ferme de Salty, mais elle eut l'impression que le trajet durait des heures. Finalement, Thomas la déposa sous le porche.

— Ne bougez pas. Je vais pénétrer dans la maison par la fenêtre de la cuisine.

Il disparut au coin de la maison.

Anna se mit à danser d'un pied sur l'autre, dans l'espoir de se réchauffer. « Ne bougez pas ! » Il en avait de bonnes. Même si elle avait voulu s'enfuir, elle en aurait été incapable.

La lanterne du porche clignota, la porte s'ouvrit.

— Entrez, dit Thomas en lui tendant la main pour qu'elle ne glisse pas sur la mince pellicule de neige gelée qui recouvrait le plancher du porche.

Il faisait chaud, dans le salon de Salty. Anna soupira d'aise. Elle se sentait même si bien qu'elle trouva cela profondément injuste. Comment lui résister dans une atmosphère aussi confortable ?

Qu'allait-il se passer, maintenant ? Lui parlerait-il immédiatement du bébé, de son intention d'épouser Cindy ?

Pendant le trajet, Anna avait réfléchi. Il était évident que Thomas ne pouvait enlever Cindy au nez et à la barbe de Mike, sans fournir à celui-ci quelques explications. Or il ne pouvait le faire devant les invités de Will qui le croyaient toujours fiancé à Anna. Il avait donc choisi de rompre d'abord avec sa pseudo-promise, il irait probablement trouver Mike le lendemain.

Elle se débarrassa de ses sandales et courut à la cuisine où elle savait trouver des torchons pour s'essuyer les pieds. Thomas était occupé à allumer un feu dans la cheminée du salon.

— Tenez.

Anna fit un bond. Elle ne l'avait pas entendu entrer. Il lui tendit un jean, une ceinture et un pull à col roulé. Ce geste lui rappela une autre visite chez Salty. Que c'était loin tout ça ! Elle rougit. A sa façon de la regarder, il était évident que Thomas se souvenait aussi.

— Je vous attends au salon, grommela-t-il avant de sortir.

Anna prit tout son temps, retardant autant qu'il était possible l'affrontement qu'elle jugeait inévitable. Lorsqu'elle fut prête, elle marcha vers le salon avec le même enthousiasme qu'un chrétien entrant dans l'arène où l'attendait un lion affamé.

Thomas se tenait devant le feu, les mains derrière le dos. Une pose classique pour annoncer de mauvaises nouvelles, songea Anna. Comment dire avec tact à quelqu'un qu'on avait été ravi de le connaître mais qu'à cause de la venue d'un enfant...

— Depuis quand ? demanda-t-il sans se retourner.

— Depuis quand quoi ?

— Depuis quand ne portez-vous plus la bague de Rich ?

Qu'est-ce que ça pouvait bien lui faire ?

— Que voulez-vous dire ?

Il pivota brusquement.

— Depuis quand avez-vous rompu avec Rich ? Quand êtes-vous revenue à plus de bon sens ?

— En quoi cela vous regarde-t-il ?

Il n'avait pas reçu sa lettre ! Anna poussa un soupir de

soulagement. Au moins, il ignorerait toujours à quel point elle s'était conduite de manière ridicule.

— Cela me regarde ! Cela me regarde parce que je vous aime !

Les mains sur les hanches, l'œil mauvais, il avait pourtant l'air plus furieux qu'amoureux.

— Vous... Mais...

— J'ai décidé que puisque vous aviez enfin renoncé à cette idée stupide d'épouser Rich Howell il était temps que je revienne du Guatemala.

— Vous êtes rentré parce que...

— Exactement !

— Mais alors, vous avez reçu ma lettre !

— Quelle lettre ?

— Je vous ai écrit pour vous dire que j'avais rompu lors de mon voyage à Chicago. Je...

— Chicago !

Un véritable hurlement de rage.

— J'allais tout vous avouer, se défendit-elle.

— Pourquoi ne pas l'avoir fait ?

Il se mit à aller et venir comme le lion attendant sa ration de chrétiens qui tardait à venir. Anna, prudente, fit un pas vers la porte de la cuisine.

— Parce que vous vous conduisez toujours comme un ours mal léché ! cria-t-elle. Parce que vous auriez déclaré d'un petit air supérieur : « Je vous l'avais bien dit. »

Thomas ne put s'empêcher de sourire.

— C'est probable, admit-il.

Puis il cessa brusquement d'être aimable pour se remettre à hurler.

— Et c'est pour ne pas entendre cela que vous m'avez rendu si malheureux !

Voyant qu'elle faisait un autre pas vers la cuisine, sa physionomie s'adoucit.

— Chicago ? murmura-t-il. Chicago ?

Il se laissa tomber sur le canapé, souriant de nouveau.

— Venez vous asseoir près de moi.

Anna ne bougea pas d'un pouce.

— Allons. Je ne vais pas vous manger.

Avait-il dit la vérité ? L'aimait-il ?

Thomas sembla lire dans ses pensées.

— Je vous aime, Anna. Ayez confiance en moi.

Anna marcha comme une automate jusqu'au canapé et s'y assit, toute raide, encore trop étonnée pour bien comprendre ce qui arrivait.

— Comment avez-vous su ? Pour Rich ?

— Par Cindy.

— Cindy ?

— J'ai appelé Mike, hier soir, au sujet d'un étudiant qui ne trouvait pas à se loger. Comme il était absent, j'ai laissé un message à Cindy. Au moment où j'allais raccrocher, elle m'a dit, de sa voix la plus mielleuse : « Au fait, j'ai su que vous n'aviez pas su garder Anna plus que moi. » Comme je paraissais ne rien comprendre, elle a ajouté : « Elle ne porte plus votre bague. » Là, c'est devenu clair. J'ai sauté dans le premier avion. Je n'étais sûr de rien, bien entendu, mais j'espérais tellement que vous...

Anna sourit, charmée, mais un petit détail qu'ils n'avaient pas encore abordé lui revint à la mémoire.

— Et le bébé ?

— Quel bébé ?

— Cindy ne vous a rien dit ?

Thomas la regarda, stupéfait. Il semblait si sincèrement étonné qu'elle n'osa préciser, « Votre bébé ».

— Elle attend un enfant, murmura-t-elle.

— Et alors ?

Anna hésita, puis se lança.

— Elle m'a déclaré que vous étiez le père.

— Elle a dit ça !

— Pas en ces termes, bien sûr. Mais elle m'a annoncé qu'elle attendait un bébé aux yeux bruns, et comme Mike et elle ont les yeux bleus...

Maintenant qu'elle lui faisait part de ses doutes à voix

149

haute, elle se rendait mieux compte de la stupidité des déclarations de Cindy. Et elle, idiote, pourquoi l'avait-elle crue ?

— Vous avez avalé une chose pareille !

Anna frissonna. La voix de Thomas était de nouveau dure et sèche.

— Comment faire autrement ? Je vous avais vus vous embrasser et...

Elle se leva d'un bond, alla se planter devant la cheminée.

— Oui, vous l'embrassiez ! Ensuite, elle m'a dit que nous allions vous partager. Puis vous l'avez amenée à Dubuque. Vous ne vous quittiez plus !

— Moi, l'embrasser ?

Thomas paraissait réellement stupéfait.

— Mais de quoi parlez-vous ? Cindy m'attire autant qu'un serpent, peut-être même moins !

— C'est ce que je pensais, avant. Mais lorsque nous sommes allés voir *Othello*... Vous étiez de l'autre côté de la rue, à l'entracte, et...

— Et vous avez assisté à sa petite comédie ?

— Comédie ? Elle donnait l'impression de vouloir se glisser sous votre chemise !

— Ce qu'elle aurait fait si je ne l'avais repoussée. Je voulais boire un verre, elle reprendra les choses où nous les avions laissées trois ans plus tôt.

— C'est Cindy qui...

— Bien sûr.

Il parut cependant légèrement embarrassé.

— Ce n'est pas ma faute si elle s'est jetée sur moi en promettant que ce serait différent cette fois.

— Elle a dit ça ?

— Oui, soupira-t-il.

Il grimaça, comme si parler de Cindy l'ennuyait. Mais Anna insista.

— Et vous l'avez repoussée ?

— Naturellement. Je ne pensais qu'à vous. Comment

aurais-je pu faire l'amour à une femme que je hais alors que je n'avais qu'une idée en tête : trouver un moyen de vous amener à rompre ces fiançailles stupides.

— Mais vous n'étiez pas amoureux de moi.

— Si !

— Non ! Vous m'aviez demandé de jouer cette comédie pour vous venger de Cindy. Où est l'amour, là-dedans ?

Thomas sourit, narquois.

— Je faisais un peu de stratégie. Cela s'appelle s'introduire chez l'ennemi.

— Je ne comprends pas.

Il soupira, soudain impatienté.

— C'est pourtant simple. Depuis quelque temps j'espérais vous persuader que Rich ne vous convenait pas. Quand nous sommes tombés sur Cindy, j'ai eu une illumination et j'ai immédiatement inventé cette histoire de pseudo-fiancée dont j'avais tant besoin.

— Ce n'était pas pour l'éloigner ?

— Il y avait un peu de ça aussi. Mais c'est la partie du plan qui a le moins bien marché. Que vous a-t-elle dit exactement ?

Anna rassembla ses souvenirs.

— Elle m'a aperçue après que vous vous étiez embrassés et m'a laissé entendre que vous aviez une liaison. Comment ne pas la croire ? A partir de ce jour on vous a toujours vus ensemble.

— En fait, je voyais plus souvent Mike que Cindy. Mais comme je ne voulais pas lui laisser croire que je tenais encore à elle, j'ai accepté de l'accompagner en ville quand elle me le demandait et de la laisser s'asseoir à ma table à la cafétéria de l'université... Dieu, que j'ai été bête !

— Et le jour de votre départ ? Vous avez passé l'après-midi avec elle à Dubuque ! Et c'est encore Cindy qui vous à conduit à l'aéroport !

— Là, c'est parce que j'étais furieux après vous. J'avais

tant espéré vous voir revenir de Chicago libre. Vous et votre satanée bague ! Pourquoi ne pas l'avoir retirée ?

— J'avais peur.

— De quoi ? De qui ?

— C'était à cause de Toby.

— Qui ?

Anna se laissa tomber sur le petit tapis qui se trouvait devant la cheminée et s'y installa en tailleur.

— Un homme que j'ai connu dans le temps.

— Je croyais qu'il n'y avait que Rich. Combien d'autres ?

— Seulement Toby. C'était avant Rich. Ce qui explique mes fiançailles.

Anna n'avait jamais parlé de Toby à quiconque. Elle se sentit soudain obligée de mettre Thomas au courant.

— Toby désirait s'amuser, pas le mariage.

— Et ?

— Un jour j'ai appris l'existence de cette autre fille. Elle était enceinte de lui mais il refusait de reconnaître l'enfant. Je l'ai quitté.

Elle ferma un instant les yeux et revit le beau visage de Toby, son sourire charmant.

— C'était le style brève rencontre. Bonjour madame, merci madame, au revoir madame.

— Comme moi ?

Anna leva la tête. Les flammes du foyer se reflétaient dans ses yeux. Son visage s'était adouci.

— Vous me faisiez très peur.

— Moi ? demanda-t-il, surpris. Pourquoi ? Parce que je criais ?

— Non. A cause de ce que je ressentais pour vous.

— Racontez-moi ça, dit-il en souriant.

— Je ne sais comment m'exprimer. J'aurais tant voulu que Rich me manque, mais, après vous avoir rencontré...

Il se leva, vint s'allonger sur le tapis et posa la tête sur ses genoux.

— C'est formidable !

— Formidable ? C'était horrible ! J'espérais aimer Rich un peu plus. Au lieu de cela... Parfois, je n'arrivais même plus à me souvenir de son visage. Et j'avais si peur de vous.

— Moi aussi. Vous m'effrayiez.

Elle n'avait jamais eu cette impression mais n'osa le contredire.

— Vous m'avez attiré dès notre première rencontre, poursuivit-il. J'aimais la façon dont vous me teniez tête. Mais vous avez raison. Je ne voulais pas de vous dans la maison. Je ne voulais surtout pas d'une femme qui vienne compliquer ma vie, particulièrement une femme qui me séduisait tant. Toutes celles qui ont compté pour moi ont fini par me décevoir. Cindy, ma mère... Je n'avais certainement pas besoin de vous.

— Vous ne vous êtes pas gêné pour me le faire comprendre.

— C'est exact. Il fallait que j'arrive à me persuader que vous étiez comme les autres. Vous étiez fiancée, et alors ? Je l'avais été à Cindy et cela ne l'empêchait pas de coucher avec qui lui plaisait.

— Je ne suis pas Cindy, déclara Anna d'un ton calme.

— J'aurais dû m'en apercevoir. Mais je ne le voulais pas. Au début, j'espérais même que vous seriez comme elle, pour justifier ce que je comptais faire de vous : ma maîtresse. Mais lorsque vous vous êtes enfuie et n'êtes revenue que des heures plus tard... Je n'ai jamais eu aussi peur de ma vie. C'est à cet instant que j'ai commencé à entrevoir que la vie avec vous pouvait être différente.

— Will affirmait que vous ne supportiez pas d'être lié à une femme.

— Will parle trop !

— Il disait seulement ce que je savais déjà. Ce que je pouvais voir. Une minute vous me faisiez la cour, la suivante vous me traitiez comme si je n'existais pas. Que pouvais-je penser ?

— Croyez-moi, vous existiez bien. Trop bien. Quel enfer !

— Comme c'est aimable...

Thomas haussa les épaules.

— J'étais éperdument amoureux et je ne le désirais pas. Et il y avait Rich. Vous ne cessiez de vous abriter derrière lui.

— C'est parce que je ne savais pas ce que vous vouliez. J'avais peur que ce ne soit qu'une passade.

Thomas sourit d'un air gêné.

— Au début, c'était bien ça. Mais après... Vous aviez une façon de me rendre fou. Lorsque je vous embrassais, vous donniez l'impression de vous apprêter à fondre dans mes bras, mais l'instant suivant vous me repoussiez. Et de quelle manière ! Je ne savais plus à quel saint me vouer. Quand nous nous sommes rendus à Chicago... J'étais si heureux, j'espérais tant... Mais non ! Vous reveniez toute souriante, avec cette satanée bague au doigt, donnant l'impression d'attendre Noël avec impatience pour vous précipiter dans son lit !

— Je n'ai jamais...

— Qu'en savoir ? Je mourais de jalousie. J'avais tout prévu. D'abord, vous rompiez. Ensuite je demandais votre main. Malheureusement...

— Je ne vous faisais pas encore entièrement confiance. Et puis, il y avait les petites phrases de Cindy. Elle en disait peu mais c'était suffisant pour me décourager. Je ne cessais de vous comparer à Toby.

Anna soupira. Une idée la frappa soudain.

— Pourquoi Cindy a-t-elle monté toute cette comédie, Thomas ?

— Je l'avais quittée. Elle voulait peut-être se venger.

— C'est vous qui l'avez quittée ?

— Oui, lorsque j'ai su qu'elle me trompait. Voyez-vous, Anna, je ne suis pas partageur, pour reprendre une de ses expressions favorites.

Il sourit.

— Je comprends mieux que vous ne m'ayez pas fait confiance. Elle a dû vous dire tant de choses… Et moi qui pensais que je ne vous intéressais pas ! C'est pourquoi je suis parti.

— Je suis désolée, murmura-t-elle.

— Il y a une chose que je ne comprends pas. Puisque vous croyiez Cindy, pourquoi cette lettre ? Qu'est-ce qui vous a fait changer d'avis ?

— Votre mère.

— Ma mère ?

Il se redressa d'un bond.

— Quand ? Où ?

— La semaine dernière, à la maison. Elle m'a parlé de vous, d'elle, de la façon dont elle avait quitté votre père. C'était, d'après elle, la raison de votre mésentente. Vous n'aviez plus confiance en elle. Elle m'a dit ensuite que pour vous le mariage était sacré, ce qui ne cadrait pas avec une liaison avec Cindy. J'ai alors compris que la jolie Mme Tate avait menti.

Thomas sourit.

— Brave maman. Il faudra que je la remercie. C'est la première fois qu'elle se rend utile.

— J'ai l'impression qu'elle regrette que les choses n'aillent pas mieux entre vous.

— Il est temps ! Elle ne s'est jamais occupée de moi, seulement lorsque cela l'arrangeait. Un jour, j'avais sept ans peut-être, elle m'a déposé à l'hôpital pour une intervention bénigne, et elle a oublié de revenir me chercher. Trois jours ! Trois jours à l'hôpital avant que mon père, de retour de mission, vienne me récupérer.

Anna se souvint de son séjour à l'hôpital, de sa façon de le supplier de rester près de lui.

Thomas éclata soudain de rire.

— Qu'y a-t-il de si drôle ?

— Quand je pense que nous devons notre bonheur à ma mère et à Cindy ! J'espère que nous avoir rendu ce service les comblera.

— Votre mère sera ravie.

Ce que Cindy pouvait ressentir ou non ne l'intéressait aucunement. Maintenant, la vipère ne mordrait plus.

Thomas la prit dans ses bras.

— Pour les remercier, nous les inviterons au mariage.

— Quel mariage ?

— Le nôtre, évidemment !

Anna sourit.

— N'oubliez-vous pas un détail ?

— Lequel ?

— Vous n'avez pas encore demandé ma main.

Thomas secoua la tête.

— Pas question ! Vous avez eu votre chance, un certain soir, en revenant de Chicago. Si vous voulez entendre une demande en bonne et due forme, il faudra la faire vous-même.

— D'accord. Accepter est facile, demander l'est moins. Et puis, j'ai plus l'habitude que vous. Il y a eu un précédent.

— Si vous devez encore me parler de Rich, je préfère que ce soit moi !

— Non !

Elle lui posa la main sur la bouche pour l'empêcher de poursuivre.

— Thomas Davies, je vous aime. Voulez-vous m'épouser ?

— Et comment ! Il vous en a fallu du temps pour vous décider !

Elle voulut protester mais il lui ferma la bouche à son tour. D'un baiser.

Ils roulèrent sur le tapis, étroitement enlacés.

— Mon Dieu, comme vous m'avez manqué, Anna !

— Vous aussi. Je me sentais si seule…

— Et moi, donc !

— C'est bien fini, Thomas. Nous ne nous quitterons plus.

Quatre heures du matin. Enveloppée dans une couverture, Anna cherchait toujours le sommeil, le regard fixé sur les braises. Thomas dormait dans la chambre de Salty. La fatigue du voyage.

Soudain elle entendit des bruits de pas. Tournant la tête, elle l'aperçut qui traversait le salon, vêtu d'un drap et de rien d'autre.

— Tenez-vous toujours vos promesses ? lui demanda-t-il.

Anna le dévisagea, interloquée.

— Toujours. Pourquoi ?

— N'avez-vous pas promis de ne plus me quitter ?

— Sans doute.

— Pourquoi suis-je si seul ?

Anna lui fit un peu de place sur l'étroit canapé et il s'allongea.

— Vous sentez-vous moins solitaire ?

— Presque.

Elle écarta sa couverture en riant et se blottit contre lui.

— Et maintenant ?

— C'est beaucoup mieux, murmura-t-il.

Harlequin vous offre dès aujourd'hui de partager et savourer la nouvelle série Harlequin Édition Spéciale…les meilleures histoires d'amour.

Des millions de lectrices ont déjà accueilli avec enthousiasme ces histoires passionnantes. Venez découvrir avec elles la Série Édition Spéciale.

Achevé d'imprimer en janvier 1986
sur les presses de l'Imprimerie Bussière
à Saint-Amand (Cher)

— N° d'imprimeur : 2673. —
— N° d'éditeur : 946. —
Dépôt légal : février 1986.

Imprimé en France